KB001646

F. KAFKA

Letter
to
Father

F. KAFKA

아버지께 드리는 편지

프란츠 카프카
정초일 옮김

Letter
to
Father

은행나무

차례

일러두기

1 이 책의 번역 대본으로는 Franz Kafka, Brief an den Vater (Hoffmann und Campe, 1919)를 사용했습니다.

2 본문의 주는 모두 옮긴이의 것입니다.

사랑하는 아버지께,

최근에 아버지께서 제게 물어보신 적이 있지요. 제가 아버지를 무서워한다는 말을 하곤 하는데, 그런 말을 하는 이유가 무엇이냐고요. 그때 저는 늘 그랬듯이 뭐라고 대답해야 할지 모르겠더군요. 이는 바로 아버지에 대한 그 두려움 탓이기도 했고, 다른 한편으로 그 두려움의 근원을 이루는 갖가지 요인이 너무 많아 말로 잘 정리해서 이야기하기가 어려웠기 때문이기도 합니다. 그래서 이렇게 글로 대답을 드려보려고요. 하지만 그래도 아주 충분하지 못한 대답밖에는 드리지 못할 것 같아요. 왜냐하면 두려움과 그 두려움이 빚어낸 결과들로 인하여 저는 글을 쓸 때도 아버지 앞에서 머뭇거리게 되거든요. 또한 짚고 넘어가야 할 문제들도 제 기억과 오성이 감당할 수 있는 범위를 훨씬 벗어나는 거대한 것이기 때문입니다.

제가 말씀드리려는 일들은 아버지의 입장에서 본다면 아주 간단한 문제였습니다. 적어도 아버지께서 저에게, 아니 특별히 누구라 할 것 없이 다른 많은 사람에게 말씀하시던 것으로 보면 그랬다는 겁니다. 아마 아버지께서는 이렇게 생각하셨을 거예요. 평생을 내내 힘들게 일하셨고, 자식들을 위해, 특히 누구보다 저를 위해 모든 것을 다 바쳐 희생하셨다고요. 그 덕에 제가 "아무 걱정 없이 호사스럽게 살았고", 원하는 것을 배울 수 있는 완벽한 자유를 누렸다고요. 먹을 것을 걱정할 필요가 없었고, 따라서 아무런 근심 없이 살았다고요. 그럼에도 아버지께서는 자식들에게 고마운 줄 알라고 하신 적도 없다고요. 그래도 "자식들이 과연 고마워하고 있는지", 최소한 아버지께 공감의 뜻을 나타내며 싹싹한 태도를 취하는지 그러지 않는지쯤은 아신다고요. 하지만 저는 그러기는커녕 이상하게 옛날부터 아버지로부터 숨으려고만 했다는 거죠. 제 방 안으로, 책 속으로, 제정신이 아닌 친구들 틈으로[1], 또 엉뚱한 생각 속으로 틀어박히려고만 했다고요. 한 번도 아버지께 마음을 터놓고 이야기한 적이 없고, 유대교 사원으로 아버지를 찾아가지도 않았고, 아버지께서 프란첸스바트[2]에 계실 때 한 번도 만나러 가지 않았다고요. 그 밖에도 가족을 생각하는 마음 같은 건 전혀 없었으며, 아버지의 사업이나 다른 일들에 대해 염려해본 적도 없었고, 공장을 아버지께만 맡기고 떠나버린 데다가[3], 오틀라가 고집을 부릴 때에도 역성이나 들었다고 하시겠죠.[4] 아버지를 위해서는 손가락 하나 까딱하지 않으면서 (아버지께 극장표 한 번 갖다드린 적이 없으면서) 친구들을 위한 일이라면 물불 가리지 않는다고요. 저에 대한 이런 판단들을 종합해보신다면, 저를 버릇없고 나쁜 녀석이라고 나무라시지는 않더라도(제가 최근에 결혼하려 했을 때의 일만 제쳐두고[5]), 냉담하고 서먹하고 고마워할 줄 모른다고 서운하게 여기실 겁니다. 심지어 저의 그런 태도가 마치 저만의 책임인 것처럼 꾸짖으실 겁니다. 제가 한 번만 생각을 바꾸면 모든 것이 달라질 텐데

---

1 카프카의 부친은 아들과 친했던 막스 브로트를 친척들 앞에서 "미친놈"이라고 한 적이 있다.
2 체코 서부의 마을.
3 카프카는 매제 카를 헤르만이 운영하던 석면 공장을 부친과 공동으로 소유하고 있었는데, 1차 세계대전의 발발과 매제의 참전으로 공장이 어려워졌음에도 일을 거들지 않아 부친의 원망을 들었다.
4 카프카에게는 엘리와 발리, 그리고 오틀라까지 세 명의 누이가 있었다. 그와 가장 친했던 막내 여동생 오틀라는 그와 달리 아버지와 정면으로 충돌할 때가 많았다.
5 이때 카프카는 율리 보리체크와 결혼하려 했는데, 아버지의 반대가 극심해서 그로 인한 갈등이 이 편지를 쓰는 계기 중 하나가 되었다.

그러질 않는다고요. 반면에 아버지께는 아무런 책임이 없으며, 아버지께 잘못이 있다면 단 하나 저에게 너무 잘해주셨다는 것뿐이라고 하시겠지요.

아버지의 이런 평소 생각 중에 저 역시 동의하는 점이 한 가지 있습니다. 그것은 아버지와 제 사이가 서먹해진 책임이 절대 아버지께 있지 않다는 점입니다. 하지만 그렇다고 해서 그 책임이 저에게 있는 것도 아닙니다. 만약 아버지께서 이 말에 수긍해주실 수 있다면, 지금 아버지의 연세와 제 나이로 보아 새로운 삶을 시작하기에는 너무 늦었다 할지라도 우리에게 어떤 평화라 할 만한 것이 찾아들 것이며, 설사 아버지의 끊임없는 질책이 멈추지는 않는다 해도 좀 완곡해질 수는 있을 것입니다.

아버지께선 제가 어떤 말씀을 드리려 할 때 신기하게도 그 내용을 미리 예감하시는 것 같아요. 가령 얼마 전에도 이런 말씀을 제게 하신 적이 있지요. "나는 늘 너를 좋아했단다. 겉으로는 다른 아버지들이 자식을 대하듯 너에게 다정하게 해주지 못했지만, 그건 다만 내가 다른 아버지들처럼 가식적인 행동을 할 수 없었기 때문이야." 아버지, 저는 이제까지 단 한 번도 저에 대한 아버지의 따뜻한 속마음을 의심해본 적이 없답니다. 그러나 아버지의 그런 말씀만은 옳지 않다고 생각합

카프카의 아버지 헤르만 카프카

니다. 물론 아버지께서는 가식적으로 행동하실 수 없는 분이에요. 그 말씀은 옳아요. 하지만 단지 그렇다고 해서 다른 아버지들의 다정한 행동이 가식적이라고 단정하신다면, 그것은 의심할 여지가 없는 독선에 불과하거나 어떤 진실의 은밀한 표현일 것입니다. 제 생각으로는 후자가 맞아요. 그 진실이란 우리 사이에 무엇인가 잘못되어 있고, 그에 대한 책임은 아니나 원인의 일부는 아버지께 있다는 것이지요. 아버지께서도 사실 그렇다고 생각하신다면, 아버지와 저는 마음이 통한 거예요.

물론 현재의 제가 오직 아버지의 영향으로 이렇게 되어버렸노라고 말씀드리려는 것은 아닙니다. 그건 아주 과장된 말이겠지요. (저에게 그렇게 과장하는 경향이 있긴 하지만요.) 제가 아버지의 영향을 전혀 받지 않고 자랐더라도 십중팔구 아버지의 마음에 들지 않는 사람이 되었을 거예요. 아마 허약하고 걱정 많고 우유부단하고 불안정한 사람, 로베르트 카프카도 카를 헤르만도 아닌 어떤 사람이 되어 있었겠지요.[6] 그럼에도 어쨌든 현재의 저와는 완전히 다른 사람이 되었을 것

6 카프카는 사촌 형 로베르트 카프카를 멋진 사람으로 여겼던 반면에, 아버지 헤르만 카프카가 좋아했던 매제 카를 헤르만에 대해서는 체면을 중시하는, 경박하고 수단 좋은 사람이라고 생각했다.

이고, 아버지와 저는 원만하게 지낼 수 있었을 겁니다. 아버지를 친구나 직장 상사나 삼촌이나 할아버지처럼, 심지어는 (이 말을 하려니 벌써부터 좀 망설여지지만) 장인처럼 대하는 행복을 누릴 수 있었을 겁니다.[7] 아버지는 오직 아버지로서 저를 대하실 때만 지나치게 엄격한 분이셨어요. 특히 남동생들이 어린 나이에 죽었고 누이들은 한참 후에야 태어났기 때문에, 아버지의 질책은 누구보다 먼저 저에게 가해졌고 저는 그 충격을 완전히 혼자서 감당해야 했지요. 그런 상황을 잘 견뎌내기에는 제가 너무나도 나약한 아들이었습니다.

아버지와 저, 두 사람을 비교해보세요. 아주 간략히 말해서 저는 카프카 집안의 특질이 바탕에 깔려 있는 뢰비 집안 자손이에요. 카프카 혈통다운 삶의 의지와 사업 의욕, 그리고 정복을 향한 욕구가 아니고, 뢰비 가문의 특성에 자극을 받지요.[8] 이 특성은 다른 방향에서 좀 더 은밀하고도 소극적

---

7 카프카는 실제로는 꽤 사교적이고 활동적이었다고 한다. 그럼에도 결혼은 그에게 무척 어려운 문제였는데, 아마도 그래서 '장인'이라는 말을 쓰는 것조차 쉽지 않았던 것 같다.

8 사회적 상승 욕구는 카프카 집안뿐만 아니라 당시 프라하 유대인들의 집단적 특성이기도 했다. 한편 카프카의 어머니 율리 뢰비의 조상들은 상당수가 경건하고 소극적이거나 섬세한 성품이었다. 또한 카프카는 외삼촌들이라면 다 좋아했다고 한다.

으로 영향을 미치는데, 그 영향은 종종 중단돼버리기도 합니다. 이에 반해 아버지는 힘으로 보나 건강으로 보나, 또 식욕, 성량, 말솜씨, 자기만족, 세상에 대한 우월감, 끈기, 순발력, 인간에 대한 이해, 그리고 어느 정도의 대담성으로 보더라도 진정한 카프카 집안사람이시고요. 물론 아버지의 기질과 급한 성정은 그러한 장점들에 걸맞은 결함들과 약점들로 아버지를 유인하고 부추기기도 하지요. 하지만 세상에 대한 아버지의 일반적인 견해를 생각해보면, 아버지께서도 가장 전형적인 카프카 집안사람은 아니신 것 같습니다. 필리프, 루트비히, 하인리히 백부님들과 아버지를 비교해볼 때 그렇다는 것입니다. 이는 주목할 만한 사실이나 아직 그다지 확연하지는 않습니다. 어쨌든 백부들께서는 모두 아버지보다 명랑하고 쾌활하시며, 억지스럽지 않으시고 쉽게 살아가시고, 아버지만큼 엄격하시지도 않지요. (덧붙여 말씀드리면 이 점에서는 제가 아버지를 많이 닮았고, 그 닮은 점을 지나칠 정도로 잘 유지해왔다고 생각합니다.[9] 그러나 물론 아버지께서는 그와 균형을 이룰 수 있는 요소들을 지니고 계신 반면에, 저의 본성에는 그런 요소가 없습니다.) 그렇지만 다른 한편으로

---

[9] 카프카 자신이 부친에게서 물려받았다고 생각한 특성은 완벽을 향한 노력과 엄격한 의무감, 그리고 자학이다.

아버지께서는 다양한 상황을 겪으며 살아오셨고, 그러면서도 비교적 명랑하셨던 것 같아요. 아버지의 자식들, 특히 누구보다 제가 아버지를 실망시키고 마음 상하게 하기 전까지는요. (손님들이 오시면, 아버지의 태도가 달라지곤 했지요.) 하지만 아마 발리를 뺀 다른 친자식들로부터 느끼실 수 없었던 따뜻한 마음을 손주들과 사위들이 얼마간 충당해드리는 지금에 이르러서는 아버지께서 다시 꽤 명랑해지신 듯도 싶습니다.

아무튼 아버지와 저는 아주 달랐고, 이렇게 다르다는 점에서 서로에게 몹시 위험한 존재였어요. 그러므로 만약 누군가가 서서히 발전해나가는 저라는 아이와 아버지라는 노련한 남자가 서로 어떤 관계가 될지를 미리 셈해보았다면, 한마디로 아버지가 저를 짓눌러서 납작하게 만들 것이라고, 저에게 아무것도 남지 않게 되리라고 가정할 수도 있었을 것입니다. 그러나 지금 그런 일은 일어나지 않았습니다. 삶이라는 것은 셈할 수가 없지요. 하지만 어쩌면 더 나쁜 일이 벌어진 것 같기도 합니다. 그런데 이 일과 관련해서 제가 거듭 부탁드리겠지만, 아버지께서 뭔가 잘못하셨다는 생각 같은 것은 제 꿈속에서조차 해본 적이 없다는 사실을 부디 잊지 마세요. 아버지께서 저에게 미친 영향은, 아버지로서는 꼭 그렇게 하셔야만 하는 일이었습니다. 다만 아버지께서는 제가 그 영향

카프카의 어머니 율리 뢰비 카프카

을 이겨내지 못해 좌절해 있는 상태를 잘 이해하지 못하시고 제가 무슨 별다른 악의를 품고 있는 것으로 간주하시는데, 그렇게는 생각하지 마세요.

　저는 겁이 많은 아이였습니다. 그럼에도 분명 여느 아이들이 그렇듯 고집이 세기도 했고요. 확실한 것은 어머니께서 제 뜻을 너무 잘 받아주셔서 제가 버릇이 없어졌다는 것입니다. 하지만 제가 특별히 말을 잘 안 듣는 아이였다고는 생각하지 않아요. 제게 다정한 말을 한마디쯤 건네시거나 호의 어린 시선으로 한 차례쯤 바라보시거나 손을 한 번쯤 가만히 잡아주셨다면, 언제나 저를 부모님이 원하시는 대로 행동하도록 만들 수 있었을 거예요. 그리고 아버지는 진정 기본 바탕에 있어서는 관대하고 정이 많은 분이세요. (이 점이 다음에 이야기하려는 것과 모순되지는 않습니다. 전 단지 아버지께서 아이들을 대하는 외적인 태도만을 말할 테니까요.) 하지만 모든 아이가 어떤 행동에서 마침내 어른의 호의를 찾아낼 때까지 버틸 수 있을 만큼 끈기 있고 겁이 없는 것은 아니잖아요. 아버지께서는 자신이 겪었던 식으로만 아이를 다루실 수 있었어요. 완력을 쓰고 고함을 지르고 성을 내면서 말이죠. 게다가 그러한 방식이 아버지께는 저를 힘세고 씩씩한 아들로 길러내고 싶은 당신의 희망과 대단히 잘 부합하는 것으로 여겨졌겠죠.

　제가 아주 어렸을 때 아버지의 교육 방식이 어떠했는지에
관해 직접 기억을 되살려가며 쓰기는 어렵습니다. 그러나 좀
나중에 있었던 일들, 또 아버지께서 펠릭스[10]를 대하는 태도
에 비추어 대충 추론할 수는 있지요. 여기서 제가 어렸을 때
의 아버지는 지금보다 더 젊으셨고, 그래서 더 거칠고 활기
에 차 있으셨고, 덜 다듬어지셨고, 근심 걱정이 적으셨다는
사실을 염두에 두고자 합니다. 그 밖에 또 고려해야 할 것이
있는데, 아버지께서 일하시느라 바빠 하루에 한 번 저를 마
주할 틈조차 거의 없었다는 사실입니다. 그래서 그 시절 저
에게 새겨진 깊은 인상들은 결코 그저 그런 것으로 여겨지게
끔 퇴색하지 않았던 것입니다.

　제가 기억할 수 있는 제일 어렸을 때의 일 한 가지가 고스
란히 생각납니다. 아버지도 어쩌면 기억하실 거예요. 어느
날 밤중에 제가 물이 마시고 싶다면서 오래도록 훌쩍거렸던
적이 있지요. 하지만 목이 말랐던 것은 분명 아니었어요. 구
태여 이유를 따져보자면 아마도 그냥 기어이 아버지의 화를

10　카프카의 조카로 엘리의 아들.

돈 우어보려고 그랬던 것 아닌가 싶기도 하고, 어떤 이야기를 좀 하고 싶은 마음이 있어서 그랬던 것도 같아요. 아무튼 몇 차례 저를 엄하게 나무라셔도 소용이 없자 아버지는 침대에 있던 저를 발코니 복도로 데리고 나가서 얼마 동안 닫힌 문 앞에 속옷 바람으로 혼자 서 있게 하셨어요. 그게 옳지 않았다고 말씀드리려는 건 아닙니다. 아버지가 그때 그러지 않았다면 늦은 밤 집 안이 조용해질 수 없었겠지요. 다만 저는 그때 일을 예로 들어서 아버지의 교육 방식, 그 방식이 제게 어떤 영향을 미쳤는지를 짚어보려는 것입니다. 당시 저는 그 일이 있고 나서 곧 유순해졌지만, 속으로는 그때 입은 마음의 상처를 계속 안고 지내야 했습니다. 물을 달라고 졸랐던 것은 당연히 대수롭지 않은 행동이었어요. 그런데 그 행동이 어찌해서 밖으로 쫓겨나는 끔찍하게 무서운 일로 귀결될 수 있었는지요. 저는 나름대로 두 가지 일 사이의 적절한 연관성을 이해해보려 했지만 그럴 수 없었어요. 그 후 몇 년이 지나도록 저는 고통스러운 생각에 시달려야 했습니다. 몸집이 거대한 남자, 최고의 권위를 가진 심판자인 나의 아버지가 굳이 그럴 이유가 없는데도 어떻게 나를 침대에서 들어 올려 복도로 내칠 수 있었을까. 그러니까 나는 아버지께 그토록 아무것도 아닌, 하잘것없는 존재였구나. 이런 아픔에 부대꼈던 것입니다.

카프카 생가

돌이켜보면 그때의 아픔은 대단치 않은 시작일 뿐이었어요. 걸핏하면 저를 짓누르는, 제가 아무것도 아닌 사람이라는 지금의 이 감정도 (물론 다른 관점에서 보면 제게 많은 것을 일깨워주는 고귀한 감정이기도 하지만) 대부분 아버지로부터 받은 영향에 근원을 두고 있거든요. 저에게 필요했던 것은 그저 약간의 격려와 호의였을 겁니다. 조금만 제가 살고 싶은 대로 살아보게끔 해주셨다면 좋았을 거예요. 하지만 아버지께서 제가 가려는 길을 가로막으셨지요. 아버지는 물론 좋은 의도에서 다른 길로 이끌려고 하신 것이지만, 전 그쪽으로는 쓸모가 없었습니다. 가령 아버지께서는 제가 제법 경례도 하고 행진도 잘한다고 칭찬하셨지만, 제가 자라서 군인이 된 것은 아니었어요.[11] 또 제가 씩씩하게 먹어대고 심지어 맥주까지 곁들여 마실라치면, 혹은 뜻도 모르면서 노래를 따라 부르거나 아버지가 잘 쓰는 말투를 흉내 내어 종알거리면 저를 치켜세워주시곤 했지만, 그 어떤 것도 제 장래와는 상관이 없었어요.

요즈음도 아버지께서는 어떻게든 저를 격려해주려 하시지요. 다만 아버지 자신과 관련이 있을 때만, (예를 들어 결혼

---

11 1차 세계대전 때 카프카는 결국 실행하지 못했지만 자원입대를 고려했는데, 이는 무의식중에 아버지의 가치 기준을 충족하려는 갈망이었다고 이해될 수도 있다.

문제로) 제가 아버지의 자존심을 상하게 하거나, 저 때문에 (예를 들어 페파가 저에게 기분 나쁜 말을 하는 경우[12] 아버지의 자식이 모욕당했다는 이유로) 아버지의 자존심이 상할 때에만 그러신다는 게 특기할 만하지만요. 그럴 때의 격려 말씀은 제 기분을 달래주고 저 자신의 가치를 되새기게 하며, 저라는 사람의 자격으로 과연 어떤 처녀의 배우자가 될 만한지를 떠올려보게 합니다.[13] 아울러 아버지가 저를 격려해주심으로써 페파는 완벽하게 유죄판결을 받지요. 하지만 이제는 이미 제가 그 덕에 원기를 회복하기에는 거의 불가능한 나이라는 점을 차치하더라도, 그런 격려가 일차적으로 저를 염려하시는 마음에서 비롯되는 게 아니라면 저에게 어찌 도움이 될 수 있겠습니까.

어린 시절은 물론이고 언제나 저에게는 격려가 필요했습니다. 아버지의 몸집만으로도 저는 이미 기가 죽어 있었으

---

12 페파는 카프카의 둘째 매제 요제프 폴라크의 애칭이다. 건실하고 재치 있고 겁 많고 성급하고 고지식한 성격으로 다른 사람을 즐겨 조롱했다고 한다.
13 부친이 카프카와 율리 보리체크의 결혼을 극구 싫어했던 것은 카프카가 법학 박사이자 이름난 사업가의 아들인 반면 율리는 유대교당의 사환이자 구두 수선공의 딸로 사회적 지위에서 크게 차이가 있었기 때문이었다고 한다. 지위 상승의 욕구가 강했던 부친은 당연히 카프카가 '더 나은' 여자와 결혼하기를 원했을 것이다.

니까요. 예컨대 저는 아버지와 종종 수영장 탈의실에서 함께 옷을 벗던 일을 기억하고 있습니다. 저는 여위고 허약하고 홀쭉했는데, 아버지는 억세고 어깨가 떡 벌어지고 키도 크셨지요. 그러므로 탈의실에서부터 저는 저 자신이 비참하게 느껴졌던 겁니다. 단지 아버지 한 분 앞에서가 아니라, 전세계 앞에서였죠. 왜냐하면 저에게 아버지는 온 세상의 모든 것을 평가하는 기준이 되는 분이셨으니까요. 작고 해골처럼 마른 저는 탈의실에서 나와 사람들이 있는 곳으로 아버지의 손을 잡고 걸어가서 자신 없이 널빤지 위에 맨발로 섰습니다. 저는 물이 무서웠고, 아버지께서 시범을 보이는 수영 동작을 제대로 따라 하지도 못했지요. 저는 사실 창피해서 어쩔 줄 몰랐지만, 그래도 아버지께선 저를 가르쳐보시려고 끈기 있게 노력하셨어요. 그러다가 저는 자포자기하고 말았고, 바로 그 순간 그전에 겪었던 온갖 좋지 않은 경험이 한꺼번에 떠올라 뒤엉키곤 했지요. 가끔 아버지께서 먼저 나가시고 저 혼자 탈의실에 남게 될 때면, 기다리다 못한 아버지께서 결국 다시 오셔서 저를 탈의실 밖으로 밀어내기 전까지는 남들 앞에 나서는 망신스러운 순간을 늦출 수 있었기에, 그나마 참으로 다행스러웠답니다. 저의 그런 심정을 알아채지 못하시는 아버지가 고마웠어요. 한편으로 아버지의 몸집이 자랑스럽기도 했습니다. 아버지와 제 몸집의 격차는 아직도 비

5세 무렵의 카프카

슷하게 유지되고 있지요.

아버지의 정신적 패권이야말로 그 격차에 어울리는 것이었습니다. 아버지께서는 오직 당신 혼자 힘으로 노력해서 그처럼 자신을 높이 밀어 올리셨고, 때문에 아버지 자신의 판단을 무한히 신뢰하셨지요.[14] 그런 신뢰는 제가 어린아이였을 때도 그랬지만 어른으로 성장하던 시절에는 더욱 눈부시게 비쳐졌습니다. 아버지께선 안락의자에 앉아 세상을 통치하셨죠. 아버지의 생각은 타당했고, 다른 사람들의 생각은 미쳤거나 엉뚱하거나 돌았거나 비정상적이었어요. 아버지의 자기 신뢰는 무척이나 굳건해서 굳이 일관성을 가질 필요가 전혀 없었고 일관성이 없어도 정당성을 잃지 않으실 정도였지요. 어떤 일에 대해서는 아버지께서 아무런 의견도 갖고계시지 않을 때가 있었어요. 그럴 경우엔 그 일과 관련하여나올 수 있는 모든 의견이 몽땅 틀린 것이라는 점에 의심할여지가 없었지요. 가령 아버지께서는 먼저 체코인에 대해, 다음으로 독일인, 그다음엔 유대인에 대해 불평하셨고, 심지어 온갖 사람에 대해 모든 관점에서 험담을 하셨어요. 급기

14 다른 편지에서도 카프카는 "아버지께서는 평생 힘겹게 일하셨고, 무에서 시작하여 상당한 것을 이루어내셨다"고 썼다.

야 아버지로부터 욕을 먹어보지 않은 사람은 아버지 한 분만 남게 되었습니다.[15] 그리하여 아버지는 전제군주와 같은, 이성적 판단이 아닌 자기 존재 자체에 근거를 두고 권능을 행사하는 불가사의한 특징을 지닌 분이 되셨습니다. 적어도 저에게만은 그렇게 보였습니다.

아버지의 생각은 정말 놀라울 정도로 자주 우리 사이에서 정당성이 입증되었습니다. 이 점은 대화라고 할 만한 대화가 이루어진 적은 드물었지만,[16] 특히 대화를 나누어보면 자명하게 드러났지요. 물론 실제의 삶 속에서도 그 정당성은 자명했습니다. 그렇지만 이것이 도저히 이해할 수 없는 일은 아니었습니다. 저는 무슨 생각을 하든지 늘 아버지로부터 심한 압박감을 느끼고 있었거든요. 아버지와 일치하지 않는 생각을 가져본다고 해서 그 압박감을 벗어날 수 있었던 것은 아니었어요. 오히려 그럴 때가 특히 심했지요. 그런 생각들

---

15 유대인이었던 카프카의 부친은 처음에 체코인들에게 동화된 후 부를 쌓으면서 독일어를 사용하는 프라하의 중산층에 편입되고자 했다. 당시 체코인과 독일인 중에는 반유대주의자들이 있었던 반면, 민족주의적인 유대인들은 어떠한 형태의 동화도 죄악으로 간주했다. 따라서 카프카의 부친은 다양한 부류의 사람들에게 불만을 품지 않을 수 없었을 것이다.
16 카프카에 따르면 아버지와의 대화는 외형상으로만 대화였을 뿐, 강력한 어조로 계속되는 아버지의 말씀에 그 자신은 줄곧 수긍만 하는 식이었다고 한다.

은 겉으로만 아버지의 입장에 구애받지 않는 듯 보였을 뿐, 처음부터 예외 없이 아버지의 부정적인 판결을 짊어져야 했습니다. 그런 상태로 버티면서 생각을 이어가고 완결하기란 거의 불가능했지요. 지금 말씀드리는 생각이란 어떤 고귀한 상념이 아니라 어린 시절의 자잘한 착상들입니다. 무슨 일인가로 행복하게 제 가슴이 잔뜩 부풀어서 온통 그 생각만 하다가 집에 와 말씀드리면, 고개를 내저으시거나 손가락으로 탁자 위를 두드리시거나 빈정거리듯 한숨을 쉬시는 게 아버지의 반응이었지요. "벌써 더 멋진 것도 보았단다" 혹은 "별것도 아닌 것까지 다 얘기하는구나" "그렇게도 머리 쓸 일이 없니?" "그게 너한테 무슨 소용이야!" 아니면 "하기야 그것도 일이라면 일이겠다만!" 하고 말씀하시곤 했지요. 물론 근심과 걱정 속에 살아가시던 아버지께서 아이들의 사소한 관심사에 일일이 감탄해주시기를 갈망할 수는 없는 일이었습니다. 또 그게 중요한 문제도 아니었고요.

문제라면 차라리 아버지께서 아이와는 대조적인 천성을 바탕으로 언제든지 아이에게 그런 실망을 안겨줄 자세를 기본적으로 갖추고 계셨다는 것이었습니다. 나아가 여러 일이 쌓여가면서 그 대립이 끊임없이 강화되어 종국에는 아버지와 제 생각이 일치할 때조차 습관적으로 표현되었다는 것이고요. 또 아버지는 모든 일을 좌우하는 분이었기에 자식으로서는 실망이 평범한 일상 속의 실망으로 머무르지 않고 끝내 상심의 근원으로 자리 잡고 말았다는 것입니다. 이런저런 일을 하면서 얻어지는 용기와 결단, 확신과 기쁨도 아버지께서 반대하시거나 반대하실 것으로 가정해보는 경우에는 끝까지 지속되지를 못했습니다. 아마 제가 하는 거의 모든 일이 아버지의 반대에 직면할 가능성을 갖고 있었을 테고요.

이는 생각뿐만 아니라 대인 관계에도 적용되었습니다. 제가 어떤 사람에게 약간의 관심을 갖는 것만으로도—제 성격상 자주 있는 일이 아니었는데—아버지께서는 제 판단을 존중하시지 않고 제 감정을 전혀 고려하시지 않은 채, 모욕하고 흠잡고 깎아내리셨습니다. 순수하고 천진스러운 사람들, 가령 유대인 극단 배우 뢰비[17]와 같은 사람들이 아버지로부터 응징을 당해야 했지요. 그 사람에 대해 잘 알지도 못하시면서 아버지께서는 그 사람을, 정확히 어떤 끔찍한 표현이었는지는 잊어버렸지만, 해충에 비유하셨어요. 하긴 아버지께서는 제가 호감을 갖는 사람들에게 반사적으로 적용할 개와 벼룩에 관한 속담을 마련해두고 계셨지요. 지금 그 배우에 대

---

17 카프카는 1911년부터 알게 된 폴란드 출신 이디시어 배우 이차크 뢰비와 무척 가까워졌다. 그를 통해 유대 전통에 관한 지식과 정보를 얻었으며, 이디시어와 시온주의 등에도 관심을 갖게 되었다.

카프카의 여동생들(왼쪽부터 발리, 엘리, 오틀라)

한 일이 특별히 기억나는 까닭은 당시 그 사람에 대한 아버지의 말씀을 따로 적어두고 몇 마디 덧붙여두었기 때문입니다. "아버지께서 (전혀 알지도 못하시는) 내 친구에게 단지 내 친구라는 이유만으로 이런 식으로 말씀하셨다. 부모에 대한 자식의 사랑과 감사의 마음이 부족하다고 나를 질책하실 때마다 그 예를 들어 반박할 수 있을 것이다"라고요.18

저에게는 항상 이해가 되지 않았던 점이 있었습니다. 아버지의 말씀과 판단은 저를 말할 수 없는 고통과 모멸의 나락에 빠뜨릴 수 있는데도, 어떻게 아버지는 그런 것에 대해 그처럼 완벽하게 무감각하신가 하는 점이었지요. 마치 아버지께서는 자신의 위력이 얼마나 막강한가를 전혀 알지 못하고 계신 것만 같았어요. 저도 이런저런 말로 아버지 마음을 아프게 한 적이 분명히 있지만, 그럴 때 저는 늘 제가 어떤 말을 하고 있는지 의식하고 있었답니다. 그렇게 말하는 것이 고통스러웠지만, 저 자신을 통제할 수 없었습니다. 그래서 말을

18 카프카의 일기에는 부친이 뢰비를 가리켜 자신에게 "개를 데리고 자면 벼룩과 함께 잠자리에서 일어나는 법"이라 했기 때문에 참지 못하고 두서없이 대꾸를 했다고 기록되어 있다. 또 "아버지께서 또다시 나를 나쁜 아들이라 하실 경우를 생각해서 잊지 않기 위해 적어둔다. (…) 어제 뢰비가 내 방에 있는 동안 아버지께서는 경멸의 표시로 몸을 흔들거리시고 입을 비죽거리시며 방문자들을 겨냥해서, '남의 어떤 점이 흥미로운가, 무엇 하러 그렇게 쓸모없는 연분을 맺는가' 등등의 말씀을 하셨다"고 적혀 있다.

카프카(1893년)

채 마치기도 전에 후회스러웠어요.[19] 하지만 아버지께선 아무 거리낌 없이 공격적인 말들을 입에 담으셨고, 상대가 누구든 후회하신 적이 없었어요. 말씀하시는 도중이건 말씀하시고 난 다음이건 말입니다. 상대는 아버지에 맞서 저항할 수 있는 능력은 전혀 없었지요.

하지만 아버지의 모든 교육 방식이 그랬습니다. 아버지께서는 제가 생각하기에 타고난 교육자적 자질을 지니고 계셨어요. 아버지와 같은 유형의 사람에게는 아버지의 교육이 틀림없이 유익한 영향을 미칠 수 있었을 겁니다. 그런 사람은 아버지 말씀의 이성적인 의미를 간파할 것이며, 그 밖의 다른 점들은 전혀 신경 쓰지 않고 묵묵히 말씀을 따랐겠지요. 하지만 어린 저에게 아버지가 소리 질러 지시하시는 모든 것은 말 그대로 하늘이 내리는 명령이어서 한번 들으면 절대로 잊어버리는 일이 없었습니다. 그 말씀들은 바로 그 순간부터 세상을 판단할 때 가장 중요한 기준이 되었던 겁니다. 특히 아버지라는 분을 판단할 때 중요한 기준이 되었습니다. 그 기준에 따르면 아버지께서는 완전히 낙제였어요. 제가 어렸을 땐 주로 식탁에서 아버지를 뵐 수 있었기 때문에, 아버지

19 실제로 카프카는 자신의 일기에도 이런 후회의 심경에 대해 거듭 적어두었다.

로부터 받는 가르침은 대부분 올바른 식사 예절에 관한 것이었습니다. 식탁 위에 놓인 것은 조금도 남김없이 먹어야 했고, 음식 맛에 대해 왈가왈부하는 것은 허용되지 않았어요. 하지만 정작 아버지께서는 종종 맛없는 음식을 드실 때 '처먹는다'는 표현을 쓰셨어요. 또 저 '집짐승'(주방 아줌마)이 음식을 망쳐놓았다고 하셨지요. 아버지께서는 맹렬한 허기와 각별한 식욕으로 음식이 채 식기도 전에 연신 듬뿍 입에 넣어가며 빠르게 식사를 마치셨기 때문에, 어린 자식들도 서둘러 먹어야만 했습니다. 그로 인한 식탁 주변의 무거운 침묵은 경고의 말씀으로 깨뜨려지곤 했지요. "말은 다 먹고 난 다음에 해라" "더 빨리, 더 빨리, 더 빨리" 혹은 "봐라, 난 남김없이 다 먹은 지 이미 오래되었다"라고 말씀하셨어요. 뼈를 깨물어 으깨 먹으면 안 된다고도 하셨지요. 하지만 아버지는 그렇게 드셨어요. 또 식초를 쩝쩝 소리 내어 먹지 말라고 하시면서 아버지는 그렇게 드셨지요. 빵을 제대로 자르는 것은 중요한 문제였는데, 아버지께서는 아무렇지도 않게 소스가 잔뜩 묻은 칼로 자르셨어요. 바닥에 음식을 흘리지 않도록 조심해야 했지만, 나중에 보면 부스러기는 아버지 밑에 제일 많았어요. 식탁에서는 식사만 하라고 말씀하셨으면서도 정작 아버지는 식탁에서 손톱을 자르고 다듬으셨으며, 연필도 깎으셨고, 이쑤시개로 귀를 후비기도 하셨지요.

아버지, 부디 제 말씀을 잘 이해해주십시오. 그런 일들은 그 자체로서야 하등의 의미가 없는 사소한 일들이었겠지요. 하지만 저에게 가늠할 수 없는 권위를 지닌 아버지라는 분이 제게 어떤 지침을 부과하시고서 자신은 그에 따르지 않았기에, 제 마음은 무거워졌습니다. 그로 인해 저에게 세계는 세 부분으로 분열되고 말았지요. 하나는 저라는 노예가 살고 있는 곳이었습니다. 이곳은 저만을 위해 제정된 법, 이유는 모르지만 아무튼 제가 한 번도 완벽하게 지키지 못한 법의 지배 아래 놓인 세계였습니다.[20] 저의 세계에서 아득히 먼 곳에 있는 두 번째 세계는 아버지께서 사시는 곳이었습니다. 여기에서 아버지는 자신의 통치를 위한 일, 즉 명령을 발령하고 불복종 때문에 분노하는 일에 종사하셨지요. 그리고 세 번째 세계는 다른 사람들이 행복하게, 명령과 순종으로부터 자유롭게 살아가는 세계였습니다. 저는 줄곧 수치스러웠지요. 아버지의 명령에 복종하면서도 그 명령이 저에게만 내려지는 것이었기에 수치스러웠습니다. 또 제가 그 명령에 반항하면서도 수치스러웠습니다. 제가 어찌 감히 아버지의 뜻을 거역할 수 있었겠습니까. 그리고 아버지께서는 당연히 제가 할 수

---

20 대표작 《소송》에서 법으로 들어가는 입구가 오직 요제프 카 한 사람만을 위한 것이었다는 사실을 연상시킨다.

있으리라 생각하시고 어떤 것을 요구하셨는데, 제가 아버지
만큼의 근력과 식욕과 능숙한 솜씨를 갖고 있지 못했기에 그
요구대로 하지 못하는 경우도 있었습니다. 이럴 때가 가장 수
치스러웠음은 물론이지요. 어린아이가 이렇게 생각했다는 것
이 아니라 이렇게 느꼈다는 말입니다.

　당시 저의 처지가 어떠했는가는, 아마 지금의 펠릭스와 비
교해볼 때 더 뚜렷하게 드러날 것 같습니다.[21] 펠릭스에게도
아버지께서는 비슷하게 대하시거든요. 심지어 몹시 겁에 질
리게 할 만한 교육 수단을 사용하시기도 하고요. 말하자면
아버지께서는 그 애가 식사하면서 깔끔하지 않게 행동한다
고 여겨지시면, 옛날에 저에게 면박을 주셨듯 "넌 영락없는
돼지야"라고 말씀하시는 것으로만 만족하지 않으시고, "헤
르만 집안 피는 못 속이는 법"이라거나 "네 아비를 빼다 박
았구나"라고 덧붙이시지요. 하지만 그런 일은 아마—'아마'
라고 할 수밖에 없는데—펠릭스의 마음에 진실로 심각한
상처를 입히지는 않을 겁니다. 왜냐하면, 물론 그 애에게 할
아버지는 특별히 중요한 분이시지만, 그래도 저의 경우와

21　카프카의 부친은 여러 손자 손녀 중에서도 당시 여덟 살이었던 외손자 펠릭스
　　를 가장 사랑했다고 한다.

달리 그 애의 전부는 아니거든요. 게다가 펠릭스는 조용하면서도 벌써 어느 정도는 남자다운 점이 있는 아이입니다. 그러니 할아버지의 불호령이 떨어지더라도 당장은 아연실색할지 모르지만 오래도록 마음에 담아두지는 않을 거예요. 무엇보다 중요한 이유는 그 애가 할아버지와 함께 있을 때가 비교적 드물고, 할아버지 아닌 다른 사람들로부터도 영향을 받고 있다는 점이겠지요. 그 애에게 할아버지란 차라리 어떤 친근하고 특이한 분입니다. 그 애는 할아버지로부터 자기가 원하는 것만 골라서 받아들일 수 있어요. 저에게는 아버지가 전혀 특이한 분이 아니셨지요. 저에게는 선별할 수 있는 여지가 없었습니다. 모든 것을 다 받아들여야 했던 것입니다.

심지어 뭔가 반대되는 생각을 말씀드려본다는 것조차 불가능했습니다. 왜냐하면 예나 지금이나 아버지께서는 자신이 수긍하지 않거나 먼저 말을 꺼내지 않은 무엇인가에 관해 도저히 차분하게 이야기하실 수 없는 분이거든요. 그것은 아버지의 고압적인 기질 때문입니다.[22] 최근 몇 년간 아버지께

---

22 언젠가 카프카는 "늘 그래왔듯 이번의 대화도 아버지의 분노에 찬 말씀과 그 말씀이 분노에 찬 것임을 짚고 넘어가는 나의 말로 시작되었다"고 쓴 적이 있다.

카프카가 살았던 집(1889~1896년)

서는 그런 행동이 심장의 과민 증상에 기인하는 것이라고 해명하십니다. 그러나 아버지가 지금과 달랐던 적이 있는지 모르겠네요. 심장 과민 증상은 그저 아버지의 통치권을 좀 더 엄격하게 행사하기 위한 도구로 활용될 뿐입니다. 일단 그 증상을 떠올리게 되면, 저는 최종적으로 반대의 뜻을 표명하려다가도 말문이 막혀버리기 때문입니다.[23] 물론 제가 아버지를 비난하려는 것은 아닙니다. 사실을 사실로 확인해두려는 것뿐이지요.

이를테면 오틀라의 경우에도 그렇습니다. "걔하고는 무슨 이야기를 못 하겠어. 곧바로 면전에서 대들거든." 아버지께선 이렇게 말씀하시곤 했죠. 하지만 사실 오틀라는 원래 전혀 대들지 않아요. 아버지께선 문제와 사람을 혼동하고 계십니다. 문제가 아버지의 면전에 들이닥치면, 아버지께선 사람 말을 잘 들어보시지 않은 채 즉각 그 문제에 대한 판단을 내리시지요. 그 후에 들려드리는 이야기는 아버지의 화를 돋울 뿐이지

---

23 부친이 뢰비를 모욕했던 일을 꺼내어 카프카가 항변하자 부친은 이렇게 말했다고 한다. "너도 알지만 난 흥분하지 말고 조심해야 하잖니. 내게 이야기하러 올 때엔 그 점을 염두에 두어라. 난 지금 충분히, 아주 충분히 흥분해 있으니 내게 그런 말 하지 마라." 또 카프카의 한 서신에는 "우리 모두가 근년 들어 공통적으로 겪는 고통, 즉 동맥경화로 고생하시는 아버지의 고통스러운 상황에서 비롯되는 고통은 (…) 가족의 가장 깊은 고통 속으로 뚫고 들어올 수 없었다"는 구절도 있다.

도저히 아버지를 납득시킬 수가 없어요. 그래서 결국, "너 하고 싶은 대로 해라, 넌 나한테서 자유니까, 넌 이제 다 컸지, 난 네게 아무것도 충고해줄 말이 없다"라는 말씀을 듣게 될 뿐입니다. 그런 말씀들을 한결같이 두려움을 주는 저음의 잠긴 목소리로, 완벽하게 유죄판결을 내리는 분노에 찬 말투로 하시지요. 지금은 제가 그런 말씀을 들어도 어렸을 때처럼 겁에 질려 심하게 몸을 떨지는 않습니다. 우리 두 사람 다 도움이 필요하건만 어찌해야 좋을지 모르는 상태라는 점을 깨닫게 되어 저에게만 잘못이 있다는 어린 시절의 죄책감에서 부분적으로 벗어났기 때문입니다.

아버지와 차분한 의사소통이 불가능했던 현실은 또 하나의 지극히 당연하고도 지속적인 결과를 낳았습니다. 즉, 제가 말을 잘하지 못하는 사람이 되고 말았지요.[24] 사정이 달랐더라도 제가 대단한 달변가가 되지는 못했겠지만, 보통 수준의 매끄러운 말솜씨를 가질 수는 있었을 거예요. 그러나 아버지께서는 오래전에 제가 말하는 것을 금지하셨습니다. "아니라는 소리는 하지 마!"라고 을러대시면서 손을 치켜드시는 건 제가 옛날부터 익히 겪어왔던 일이잖아요. 아버지 앞에

---

24 실제로 카프카는 모임에 참석할 때마다 특이할 정도로 말이 없었다고 한다.

왼쪽부터 여동생 발리, 엘리, 10세 무렵의 카프카

서—아버지께서는 아버지 자신의 일을 화제로 삼는 순간부터 탁월한 달변가가 되시곤 했지만—저는 말을 머뭇거리거나 더듬었습니다. 그런데 그것조차 아버지께는 필요 이상으로 많은 말이었기에 급기야 저는 말문을 닫아버리고 말았습니다.[25] 처음에는 필시 반항의 뜻으로 그랬을 거예요. 하지만 나중에는 아버지 앞에서 생각하거나 말하는 것 자체가 저에게 불가능하게 되었기 때문이었습니다.[26]

저의 교사는 바로 아버지셨기에, 그 여파는 제 삶의 모든 점에 영향을 미쳤습니다. 제가 아버지께 전혀 순종하지 않았다고 믿으신다면, 그건 분명 전적으로 틀린 생각입니다. 아버지께서는 제가 아버지를 대할 때의 원칙이 '항상 모든 것에 반항하기'라고 믿으시고 그 점을 나무라시지요. 하지만 정말이지 그렇지 않아요. 오히려 제가 아버지의 뜻에 덜 복종했다면, 틀림없이 아버지는 저에게 훨씬 더 만족하셨을 겁니다. 오히려 아버지의 교육적인 조처들은 정확히 목표했던 효과를 거두었고, 저는 단 한 번도 그 촉수를 피해 빠져나가지 못했습니다. 지금의 저는 (물론 삶의 토대와 그 영향

---

25 막스 브로트가 전하는 바에 따르면, 카프카의 더듬거리는 말투는 아버지와 이야기할 때만 나타났다고 한다.
26 단편 〈판결〉에서 주인공 게오르크 벤데만의 생각이 아버지의 영향으로 혼란에 빠지는 것을 연상시킨다.

을 차치하면) 고스란히 아버지의 교육과 저의 순응이 함께 빚어낸 결과랍니다. 그럼에도 이 결과는 아버지를 고통스럽게 합니다. 무의식중에 아버지께서는 그것이 당신의 교육적 조처의 결과라는 것을 인정하지 않으려고 하시지요. 그 까닭은 아버지의 손과 저라는 재료가 서로에게 무척 생소하기 때문입니다. "아니라는 소리는 하지 마!"라고 을러대심으로써 아버지께서는 마음에 들지 않는 제 내부의 저항력을 침묵시키고자 하셨어요. 하지만 그 영향력이 저에게는 너무 컸고, 저는 지나치게 순종적이었습니다. 그래서 숫제 입을 다물고 아버지 앞에서 몸을 수그리고 있었죠. 아버지의 힘이 적어도 직접적으로는 미치지 않을 만큼 멀리 떨어진 곳에 있게 되었을 때 비로소 몸을 일으켜보려고 했습니다. 하지만 아버지께서는 그 앞에 또 서 계셨고, 그 모든 저의 행동을 다시금 저의 '반항'으로 간주하셨지요. 그건 단지 아버지의 강력함과 저의 연약함에서 비롯된 당연한 귀결이었는데도 말입니다.

아버지의 수사학적 교육 수단은 무척 효과적이었고 적어도 저를 상대로 해서는 한 번도 목적 달성에 실패한 적이 없습니다. 그 수단들은 욕설과 위협, 야유, 악의적인 웃음, 그리고—단연 탁월한 것으로—아버지 자신에 대한 불평이었

카프카(1900년 이전)

습니다.

아버지께서 저에게 대놓고 분명한 욕설을 퍼부으신 적이
있으셨던가는 기억나지 않습니다. 저에게는 구태여 그러실
필요가 없기도 했지요. 저에게 사용하실 수단들은 다른 것
들도 얼마든지 많았으니까요. 아버지는 집에서도 그러셨지
만 특히 가게에 계실 때, 제가 가까이 있는 데에서 다른 사람
들에게 심하게 욕을 하셨어요. 그래서 어린아이였던 저는 때
때로 질겁을 했지요. 또한 저는 그 욕설들이 저와는 상관없
는 것이라고 생각할 수가 없었습니다. 분명 아버지께서 욕하
는 사람들은 저보다 나은 사람들이었고, 저에 대한 아버지의
불만은 그 사람들에 대한 불만보다 더 컸으니까요. 아버지의
그 수수께끼 같은 결백성과 불가침성은 이 경우에서도 재확
인할 수 있습니다. 말하자면 아버지께선 자신이 욕을 하셨다
는 것 때문에 곰곰 생각에 잠기시는 적이 없었습니다. 다른
사람들이 욕을 하는 경우에는 나쁜 짓이라 판정하시고 금지
하셨지만요.

위협은 아버지의 욕설을 한층 위력적인 것이 되게 하였지
요. 그런 위협이 제게도 날아들었습니다. 예를 들어 "너, 이 녀
석, 생선처럼 찢어놓을 테다"라고 하신 말씀은 끔찍했어요.[27]

그런 나쁜 일이 실제로 일어나지는 않으리라는 걸 알고 있었지만(어린아이였을 때는 물론 눈치채지 못했지요), 아버지께서 벼르시던 행동은 평소 제가 상상하던 아버지의 완력이라면 능히 하실 수도 있다고 생각하던 수준의 행동이었습니다. 아버지께서 고함을 지르면서 저를 붙잡으려고 탁자 주위를 돌아 쫓아다니던 일도 끔찍했습니다. 정말 붙잡을 생각은 전혀 없으셨을 거예요. 그런데 어쩌다 보니 제가 실제로 붙잡히게 되었고, 결국 어머니께서 저를 구원해주시는 식으로 마무리되었지요. 그래서 다시 한번 아버지의 은총으로 목숨을 부지할 수 있게 되었다고 생각했어요. 자격도 없는데 아버지로부터 생명을 하사받아 계속 지니고 살게 되었다고요. 애초에 그런 끔찍한 위협조차 제가 말을 듣지 않아 생긴 일이라고 생각했습니다.

제가 아버지의 마음에 들지 않는 어떤 일을 하기 시작하면 아버지께서는 제 일이 실패할 것이라고 겁을 주시곤 하셨습니다. 저에게는 아버지의 의견 자체가 지극히 경외스러웠기에, 당장은 실패가 눈앞에 보이지 않을지라도 필연적으로 닥

27 카프카는 1917년 폐결핵의 발병을 확인하는데, 그 후 이렇게 말했다고 한다. "내가 나중에 죽거나 생활 능력을 완전히 잃어버리면 (…) 내가 나 자신을 갈가리 찢어놓았다고 말해도 될 것이다. 전에 아버지는 나를 생선처럼 찢어놓겠다고 노여워하며 빈말로 위협하시곤 했는데—실제로는 내 몸에 손가락 하나 대지 않으셨지만—이제 그 위협이 아버지와는 상관없이 실현되고 있다."

칠 것이라고 생각했지요. 저 자신의 행동에 대한 신뢰를 상실했던 것입니다. 저는 안정을 찾지 못했고 저 자신이 의심스러웠습니다. 제 나이가 많아짐에 따라, 아버지께서 저의 쓸모없음을 입증하는 데 활용하실 만한 근거들도 늘어났습니다. 어떤 관점에서 보자면 아버지는 점차 실제로 정당성을 확보하게 된 것입니다. 그러나 지금도 역시 제가 오직 아버지 때문에 이리 되었다고 주장하려는 것은 아닙니다. 그렇게 생각하실까 봐 조심스럽군요. 요컨대 아버지께서는 제가 이미 지니고 있던 경향들을 강화하셨을 뿐입니다. 하지만 아주 극도로 강화하신 거죠. 이미 말씀드렸듯 저에게 그렇지 않아도 지극히 강대한 분이었던 아버지가 그쪽으로 온 힘을 기울이셨기 때문입니다.

특히 아버지께서는 반어적 표현이 가진 교육 효과를 신뢰하셨습니다. 그런 교육은 아버지께서 저에 비해 우월하다는 사실과 가장 잘 부합하는 방식이었죠. 아버지의 훈계는 통상 이런 식이었어요. "넌 어쨌든 그걸 할 수 없지? 그 정도도 네겐 아마 과중하겠지? 물론 넌 그런 것을 할 시간이 없지?" 이 밖에도 여러 비슷한 표현이 있지만, 이런 식의 모든 질문을 기분이 좋지 않은 표정이나 냉소와 함께 말씀하시곤 했습니다. 뭔가 나쁜 짓을 했다는 걸 채 깨닫기도 전에 이미 어느 정

대학 시절의 카프카

도 벌을 받은 셈이었지요.

다른 사람과 이야기하시면서 넌지시 저를 겨냥하고 훈계하시는 말씀도 마음을 위축시키기는 매일반이었답니다. 대놓고 악의적인 말을 쏘아붙일 만큼의 가치조차 저에게는 인정하시지 않겠다는 뜻이었으니까요. 사실은 옆에 있던 저에게 던지는 말씀을 겉으로는 어머니께 하시기도 하셨잖아요. 예컨대 "그거야 어디 아드님께서 해주시리라고 감히 기대나마 할 수 있겠어?"와 같은 말씀 말입니다. (그 때문에 저는 어머니께서 옆에 계시는 한 아버지께 직접 뭔가 여쭤볼 엄두를 내지 못했습니다. 또 이것이 나중에는 아예 습관이 되었죠. 아버지에 대해 알고 싶은 게 있더라도 아버지 옆의 어머니께 질문을 던지는 것이 어린아이에게는 훨씬 더 안전했습니다. 그래서 "아버지께서는 좀 어떠신지요?"와 같은 인사를 어머니께 여쭙곤 하며, 갑자기 깜짝 놀라게 되는 사태를 예방했답니다.)

가장 악의에 찬 빈정거림에 무척 공감을 느낄 때도 물론 있었습니다. 그 화살이 다른 사람, 예컨대 여러 해 동안 저와 사이가 나빴던 엘리에게 날아갈 때였죠. 거의 끼니때마다 그 애가 한마디씩 듣는 것이 저에게는 적의와 고소해하는 마음이 난무하는 축제처럼 생각되었어요. "저것은 식탁에서 10미터쯤은 더 떨어져 앉아야 할 거야, 저 뚱보 말이야"라고 하시곤 했지요. 아버지는 안락의자에 앉으신 채, 전혀 일시적인 기분이나 일말의 호의에서가 아니라 분노에 찬 적대감에서 엘리의 행동을 과장되게 흉내 내셨습니다. 그때 눈앞에 앉아 있던 그 애는 얼마나 극도로 아버지의 취향에 거슬리는 존재였는지요.

그와 비슷한 일들은 얼마나 자주 반복되었던가요. 하지만 그렇게 해서 아버지가 실제로 얻어낸 것들은 얼마나 미미했던가요. 결과가 빈약할 수밖에 없었던 원인은 제가 생각하기에 이렇습니다. 말하자면 분노나 악의를 소진하는 행위와 그 대상이 되고 있는 사건 사이에 적합한 인과관계가 없다는 것입니다. 아버지의 분노가 식탁에서 멀리 떨어져 앉는 하찮은 일에서 초래되었다고는 생각되지 않았습니다. 일체의 분노는 원래 아버지께 있었고, 하필 그 일이 우연히 아버지의 분노를 촉발하는 꼬투리가 되었다고 느꼈지요. 무엇이건 한 가지쯤 반드시 구실이 되리라는 것은 확연했습니다. 따라서 저는 특별히 촉각을 곤두세우지 않았고, 끊임없는 위협에 둔감해졌습니다. 매를 맞지는 않으리라는 것을 점차 어느 정도 확신하게 되었으니까요. 무뚝뚝하고 산만하고 순종적이지 못한 아이가 되어갔고, 늘 도망칠 궁리만 하게 되었습니다. 대개는 내면적인 도피였지만요. 그래서 아버지께서도 고통을 겪으셨고, 저희도 따라서 고통을 겪었습니다. 아버지께서는 이를 악물고, 어린 저에게 난생처음 지옥을 연상하게 했던 낮고 깊은 웃음소리와 함께 (최근에도 콘스탄티노플에서 온 편지 때문에 말씀하신 적이 있듯) "이런 세상이라니!"라고 씁쓸하게 내뱉곤 하셨지요. 아버지의 관점에서 그 판단은 전적으로 타당한 것이었습니다.

아버지는 자녀들에 대한 이런 태도와는 전혀 어울리지 않는 것 같은 행동을 하시기도 했지요. 무척 자주 있었던 일입니다만, 공공연히 자신의 처지를 한탄하셨습니다. 솔직히 말씀드려서, 어렸을 때 (아마 어렸다기보다는 조금 더 자랐을 때) 저는 그런 모습을 지켜보면서도 아무런 감정을 느끼지 못했답니다. 어떻게 아버지 같은 분이 다른 사람의 공감을 구하는지 이해가 가지 않았죠. 아버지는 어느 모로 보아도 막강한 분인데, 과연 우리 따위의 연민이 무슨 의미가 있을까? 하물며 어떻게 우리의 도움이 아쉬울 수 있단 말인가? 그런 것쯤이야 무시해야 마땅했습니다. 우리를 무시하시는 것처럼 말이죠. 이렇게 생각했던 탓에 저는 아버지의 한탄을 진심이라고 믿지 않았죠. 오히려 그 이면에 어떤 의도가 감추어져 있는지만 읽어내려고 했습니다.
훗날에야 저는 아버지께서 실제로 자식들 때문에 몹시 괴로워하셨음을 납득하게 되었지요. 당시에도 상황이 좀 달랐다면, 그렇게 한탄하실 때 순진하고 솔직하게, 어떻게든 도와드리려고 나설 수도 있었을 것입니다. 그렇지만 그때는 아버지의 탄식이 너무나도 명백한 교육적 방편이자 경멸의 수단이라고 확신했습니다. 그러한 일 자체는 별다르게 큰 영향을 미치지 않았습니다. 그러나 위험한 부작용을 한 가지 초래했지요. 어린 자식은 자신이 마땅히 진지하게 받아들여야 할 일까지 그다지 중요하지 않게 생각하는 데 익숙해졌던 것입니다.

다행히 예외적인 경우도 물론 있었습니다. 대부분 아버지께서 아무 말 없이 힘겨워하시고, 사랑과 관용이 자력으로 모든 장애를 넘어서 거침없이 다가와 사로잡을 때가 바로 그런 경우였습니다. 드문 일이었지만 정말 경이로웠지요. 이를테면 무더운 여름철 지친 아버지가 점심 식사를 마친 후 가게에서 책상 위에 두 팔을 올리고 엎드려 잠깐 잠이 드신 모습을 봤을 때, 또 일요일이 되어 아버지께서 기진맥진한 몸을 끌고 우리가 지내던 여름철 숙소로 찾아오실 때가 그랬습니다. 그리고 어머니가 몹시 아프셔서, 아버지가 책장을 붙들고 사뭇 몸을 떨며 흐느끼신 적도 있었고요. 최근에 오틀라의 방에 앓아누워 있던 저를 조용히 찾아오셨을 때는 문지방에 서서 머리만 들이미시고, 침대에 누운 저를 한 번 보시더니 염려하시는 마음에 손짓으로만 인사를 건네셨지요.[28] 그런 모습을 뵐 때마다 저는 드러누워 벅찬 행복감에 눈물을 흘리곤 했답니다. 이 이야기를 적고 있는 지금도 다시 눈물이 흐릅니다.

아버지께서는 또 조용히 상대방 말에 수긍하면서 흐뭇하게 미소를 짓기도 하셨습니다. 그 미소는 정말 흔히 볼 수 없는 것이어서 보는 이의 마음을 아주 행복하게 해주었지요. 어린 시절 저에게도 그런 미소를 지으신 적이 있었는지는 잘 기억이 나지 않습니다. 아마 있었을 거예요. 그때까지만 해도 아버지께서 아직 저를 아무 잘못이 없는 아들로 생각하셨으니까요. 또 제가 아버지의 큰 희망이었다는 점에 비추어 보더라도, 저에게 미소 짓는 걸 꺼리실 아무런 이유가 없었을 것입니다. 하지만 어쨌든 그처럼 상냥한 아버지의 인상도 결과적으로는 오직 제 죄책감을 가중했고, 제게 세상을 한층 이해할 수 없는 것으로 만들어버렸을 뿐입니다.

저는 실제적이고 지속적인 것들을 더 중시했습니다. 때문에 제 눈에 어처구니없어 보이는 아버지의 여러 가지 자

28 카프카는 1918년 9월 14일부터 심한 유행성 독감에 걸려 거의 죽을 뻔했는데, 오틀라에 따르면 "오빠가 아파서 점심때 열이 41도 가까이 올랐고, 어머니가 종일 우시는 바람에 진정시켜드리느라 애썼다"고 한다.

카프카의 막내 여동생 오틀라와 매제

질구레한 행동을 수집하고 관찰하고 과장해서 생각하기 시작했습니다. 아버지라는 상대에 맞서 저 자신을 조금이나마 지켜내려는 심사였고, 일종의 보복을 해보겠다는 의도도 약간 있었죠. 이를테면 아버지는 고위직에 있는 사람들에게 얼마나 쉽게 현혹되셨던가요. 더구나 그 대부분은 외관상 그런 사람일 거라고 짐작되었을 뿐입니다. 그러고는 황실 고문이라든가 그와 비슷한 사람들 이야기를 줄기차게 하시곤 했습니다.[29] (다른 한편으로 그런 일들도 저에게 괴로움을 주었습니다. 아버지께서, 내 아버지이신 분께서 자신의 가치를 그처럼 볼품없는 방식으로 확인할 필요가 있다니, 그런 것들을 그토록 자랑으로 여기시다니 하고 생각했기 때문입니다.) 또 하나 제가 눈여겨본 것은 아버지께서 낼 수 있는 대로 큰 목소리와 별로 점잖지 않은 말투로 즐겨 말씀하신다는 것이었습니다. 그럴 때 아버지는 속되고 품위 없는 이야기를 하시면서도 대단히 훌륭한 것에 대해 말씀하시는 듯 웃음을 터뜨리셨지요. (동시에 그런 행동은, 저 자신을 초라하게 만드는 아버지의 힘찬 활력의 또 다른 표현이기도 했습니다.)

---

29 18세의 프란츠 요제프 황제가 칙령으로 유대인의 해방을 선포한 1849년 이후 번성하던 유대인의 황실 숭배는 1900년부터 1910년 사이에 절정에 달했다.

그와 같은 다양한 사례가 물론 족히 한 보따리쯤은 되었습니다. 모아두고 보니 행복해지더군요. 소리 죽여 속삭이고 재미있어할 만한 이야깃거리가 되어주었으니까요. 때때로 아버지께서는 그런 기미를 알아채시곤 화를 내셨고, 불손하고 나쁜 짓으로 치부하셨어요. 하지만 믿어주세요. 저의 행동은 자기 보존의 한 수단에 불과했습니다. 별반 쓸모 있는 수단도 아니었죠. 사람들이란 하느님이나 국왕을 두고서도 갖가지 익살스러운 이야기들을 쑥덕거리게 마련이잖아요. 제가 했던 것은 그런 식의 농담이었습니다. 가장 깊은 존경심과 상치되지 않을 뿐만 아니라 그 자체가 존경심에서 기인한 농담이었다는 말입니다.

아버지께서도 저의 반대편에 계셨다 뿐이지 저와 유사한 처지에 있으셨던 만큼, 일종의 방어를 시도하셨지요. 제가 얼마나 지나칠 정도로 잘살고 있는지, 또 실제로 얼마나 좋은 대우를 받고 있는지를 상기시켜주시곤 하셨습니다. 그건 맞습니다. 그러나 제가 처해 있던 상황에서 그런 유복함이 제게 본질적으로 유익했다고는 생각하지 않습니다.

어머니께서 저에게 한없이 자애로우셨던 건 사실입니다. 하지만 그 모든 것은 저에게 아버지와의 관계를 벗어난 별개의 것이 아니었습니다. 요컨대 좋지 못한 관계 속에 편입되어 있었지요. 어머니께선 부지불식간에 사냥터의 몰이꾼 역을 맡고 계셨던 겁니다. 아버지의 교육은 저의 반발과 혐오, 심지어 증오까지 불러일으켰습니다. 그 점에서 그 교육은 실제 그렇게 되었으리라고 생각하기는 어려운 일이겠지만 제가 자립할 수 있는 능력을 길러줄 수도 있었을 거예요. 그러나 그런 아버지의 영향은 어머니의 자애로움과 이성적인 말씀(혼란스러웠던 소년 시절에 어머니는 이성의 화신이었지요), 또 중재자 역할을 통해 상쇄되었습니다. 그래서 저는 다시 아버지의 영향권으로 끌려들어 갔던 것입니다. 어머니가 그러시지 않았다면, 아마 그 영향권으로부터 떨어져 나왔을 텐데 말입니다. 그것이 아버지와 저에게는 유익했을 거예요. 어쨌든 사실이 그랬기 때문에, 참된 화해는 이룩될 수 없었습니다. 어머니께서는 단지 은밀하게만 아버지로부터 저를 보호하셨죠. 비밀리에 저에게 뭔가를 주시거나 어떤 일을 허락하셨다는 말입니다. 따라서 저는 아버지 앞에서 번번이 아버지의 시선을 피하는 거짓말쟁이, 죄책감을 지닌 자식이 되었습니다. 저 자신이 무가치한 존재라고 생각했기에, 마땅히 저에게 권리가 있다고 생각하는 일조차 편법으로만 할 수 있는 존재가 되었습니다. 당연한 귀결이겠지만, 마침내 저는 제가 가질 권리가 없다고 판단되는 것 역시 그런 식으로 획득하는 데 익숙해지고 말았답니다. 그 결과 제 죄의식은 한 층 심화되었습니다.

사실 아버지께서는 저를 정말로 때리신 적이 거의 없었습니다. 그러나 고함을 지르시고, 얼굴이 붉게 달아오르시고, 바지 멜빵을 성마르게 끌러 의자 등받이에 걸쳐두시는 일이 저에게는 매를 맞는 것보다 더 지독한 고통이었답니다. 그것은 교수형을 언도받는 것과 다를 바 없었습니다. 실제로 목이 매달리면 죽는 것이고 그것으로 다 끝나겠지요. 하지만 교수형 집행을 위해 만반의 준비가 진행되는 상황을 낱낱이 지켜보아야 하고, 올가미가 얼굴 앞에 드리워지고서야 사면 소식을 듣게 된다면, 그때까지 겪은 일로 인해 평생 동안 고통스러워할 수도 있는 것입니다.[30] 아버지께서는 제가 매를 맞아야 마땅하다는 것을 그렇듯 분명한 행동으로 표현하실 때가 많았습니다. 그때마다 저는 아버지의 자비로 그 매를 아슬아슬하게 모면하곤 했지요. 그 횟수가 늘어남에 따라 죄책감은 무겁게 누적되었습니다. 그야말로 모든 측면

---

30 반역죄로 사형을 언도받았다가 처형 직전 사면되어 4년간 시베리아에서 유형 생활을 해야 했던 도스토옙스키는 작품에서 사형 판결이 집행될 때까지의 절망적인 고통이 처형 자체의 고통을 능가한다는 견해를 제시한다. 카프카는 그에게 공감했고, 그의 작품을 여러 편 소장하고 있었다.

에서 저는 아버지의 은덕을 입고 있는 처지가 되었던 것입니다.

전부터 아버지께서는 제가 아버지의 고생 덕분에 부족한 것 하나 없이 평온하고 안락하고 풍족하게 살고 있다는 말씀을 하셨습니다. 늘 몹시 나무라는 투로 이야기하셨지요. (저 혼자 있을 때만이 아니라 남들 앞에서까지 그러셨어요. 제가 굴욕감을 느낀다는 것을 전혀 모른 채 항상 자식들에 관한 일을 공공연히 말씀하셨습니다.) 제 뇌리에 깊이 아로새겨진 그때의 말씀들을 지금도 떠올리며 생각에 잠기곤 합니다. "일곱 살 때 벌써 난 손수레를 끌고 이 마을 저 마을 돌아다녀야 했단다." "우린 한방에서 모두 함께 자야만 했어." "감자만 먹을 수 있어도 마냥 행복했지." "몇 해 동안이나 겨울에 옷을 따뜻하게 입지 못해 다리에 동상 입은 상처가 아물 날이 없었다." "어린 몸으로 피세크[31]까지 장사하러 갔어." "집에서 내게 보내준 것은 아무것도 없었다. 군대 있을 때조차 한 번도 뭘 받은 적이 없었어. 오히려 내가 집으로 돈을 부치곤 했지." "하지만 그래도, 그럼에도 불구하고 나에게 아버지는 변함없는 아버지셨다. 지금은 그런 걸 아무도 몰라! 애

31 체코 서남부에 있는 도시.

58

들이 뭘 알겠어! 아무도 그런 고생은 하지 않아! 요즘 아이들 중에 그런 걸 아는 아이가 한 명이라도 있을까?" 이런 이야기 들은 다른 상황에서라면 특출한 교육 자료로 활용될 수 있었을 것입니다. 즉, 아버지께서 겪으신 것과 같은 가난과 고통을 저희도 이겨낼 수 있도록 힘과 용기를 주었을 것입니다. 하지만 자식들에게 그런 고난이 닥치는 것을 원하지 않으셨던 아버지의 노고 덕분에 저희는 아버지와 다른 처지에 놓이게 되었지요. 그러므로 아버지께서 헤쳐나가신 방식으로 두각을 나타낼 기회 같은 것은 저희에게 없었습니다. 그런 기회는 억지로 상황을 뒤바꾸어놓지 않는 한 있을 수 없어요. 가령 집을 뛰쳐나가야만 주어졌을 것이라는 말입니다. (게다가 가출도 결단력과 생활 능력을 지니고 있어야 가능했겠죠. 동시에 어머니가 무슨 수를 써서라도 가출을 막으려고 하지 않으셔야 했을 것입니다.) 그러나 이런 모든 것은 아버지께서 원하시는 바가 아니었습니다. 아버지는 그런 것을 배은망덕이자 반항, 배신이라고, 또 엉뚱하고 미친 짓이라고 생각하셨어요.

요컨대 아버지께서는 한편으로 저희에게 모범이 되는 이야기를 들려주시고, 부끄러움을 느끼게 만들어서 저희를 그 모범을 따르도록 유인하셨습니다. 동시에 다른 한편으로는 최대한 엄중하게 그런 것을 금하셨습니다. 아니라면 오틀라가 취라우에서 착수한 과감한 모험을 틀림없이 무척 흐뭇하게 여기셨겠지요.[32] 부차적인 일들을 무시한다면 말입니다. 그 애는 아버지께서 떠나오신 바로 그 시골에서 살고 싶어 했습니다. 그 애는 옛날 아버지처럼 일하기를 원했고, 궁핍을 기꺼이 감수하려 했습니다. 아버지가 아버지의 아버지로부터 독립하셨듯, 그 애는 아버지가 공들여 이루어놓으신 것에만 의존하기를 원치 않았던 것입니다. 오틀라의 그런 뜻이 그토록 거슬리셨나요? 그게 아버지의 선례와 가르침으로부터 그토록 동떨어진 것이었나요? 좋습니다. 오틀라가 품었던 뜻은 끝내 좌절되었습니다. 어쩌면 좀 우스운 꼴이 된 것 같습니다. 말썽이 너무 많기도 했고요. 또 부모님에 대한 그 애의 배려도 넉넉하지는 못했습니다. 하지만 그것이 오직 그 애 혼자만의 잘못이었던가요? 여건과 상황에도 책임이 있지 않나요? 무엇보다 아버지의 마음이 그 애로부터 너무 멀어져버린 탓도 있지 않은가요? 그 애가 가게에 나오던 동안에는, 나중에 취라우에 간 다음에 비해 (나중에 아버지 자신은 그렇다고 믿고 싶어 하셨지만) 아버지께 좀 덜 서먹한 딸이었나요? 아버지께서는 (필요한 만큼 자신을 통제하실 수만

32 오틀라는 1917년 4월부터 1918년 10월까지 형부 카를 헤르만의 부친이 소유하고 있던 취라우 소재 농장에서 농사를 지었다.

카프카(1906년)

있었다면) 격려하고 충고하고 감독해주심으로써 그 애의 모험이 아주 좋은 성과를 거두게 할 수 있는 힘을 분명히 지니고 계시지 않았나요? 어쩌면 단지 참고 가만히 계시기만 했어도, 충분히 그렇게 되지 않았을까요?

그런 일들을 겪으실 때, 아버지께서는 저희가 그동안 지나친 행복을 누리며 살았다고 쓸쓸하게 야유하셨습니다. 그러나 어떤 의미에서 그 야유는 야유가 아니었습니다. 저희는 아버지가 쟁취하신 것만을 건네받으면서 살아왔으니까요. 그런 저희가 이제 아버지가 전에 지체 없이 뛰어드셨던 외부 세계와의 전쟁터에 어린아이의 능력을 가진 어른으로서 뒤늦게 발을 들여놓아야만 합니다. 당연하지만 저희라고 해서 언제까지나 그 투쟁을 모면하고 지낼 수는 없지요. 그렇다고 해서 저희의 신세가 과거 아버지의 처지보다 무조건 더 불리하다는 것은 아닙니다. 사실 저는 그 두 가지가 동등할 거라고 생각하고 있습니다. (물론 기본적인 토대를 비교하는 것은 아닙니다.) 단지 저희에게 불리한 점이 하나 있다면, 아버지와 달리 저희는 처한 역경을 다른 사람들에게 자랑삼아 이야기할 수도 없고, 그럼으로써 다른 사람들이 부끄러움을 느끼게 만들 수도 없다는 것이죠.
물론 저는 부인하지 않겠습니다. 제가 아버지의 대단히 성

카프카(1910년)

공적인 결실을 올바르고 적절하게 누리고, 나아가 그것을 활용하여 계속 진척함으로써 아버지를 기쁘게 해드릴 수도 있었을 것입니다. 단, 익히 말씀드렸듯 아버지와 저는 관계가 소원했고, 그 관계가 그런 가능성을 가로막고 있었습니다. 아버지께서 베풀어주시는 것을 누리면서, 언제나 저는 수치심과 피로감, 또 무력감과 죄책감을 느껴야 했습니다. 그래서 저는 아버지의 그 모든 은덕에 행동으로 보답하지 못했습니다. 오직 가련한 걸인처럼 감사의 뜻만 나타낼 수 있었습니다.

이와 같은 교육 전반에서 비롯된 다음 외형적 결과는 아버지를 떠올리게 만드는 모든 것으로부터의 도피였습니다. 멀리서 눈에 뜨이기만 해도 달아나곤 했지요. 첫 번째 기피 대상은 아버지의 가게였습니다. 가게가 아직 구멍가게였을 때에는, 특히 어린 시절에는, 그곳에서 많은 즐거움을 맛보았던 것 같습니다.[33] 무척 활기찼고, 저녁이면 불이 켜졌지요. 이런저런 광경을 바라보거나 많은 이야기를 얻어들을 수 있었어요. 가끔 도와드릴 기회가 생겨 기특한 짓을 하기도 했고요.

33 부친의 장신구 가게가 소매점이었을 때를 말한다. 훗날 카프카의 부친은 주로 각 지역 소매상을 상대하는 도매업에 종사했다.

무엇보다 저는 장사꾼으로서 아버지의 탁월한 능력에 감탄하곤 했습니다. 물건을 팔고 손님들을 상대하면서 연신 농담을 던지셨지요. 지칠 줄 모르고 거래를 계속하셨고, 뭔가 의심스러운 문제가 생기는 즉시 결단을 내릴 줄 아셨습니다. 그뿐인가요. 아버지께서 상자 포장을 하거나 푸는 솜씨도 놓칠 수 없는 구경거리였어요. 이 모든 점을 고려한다면, 분명 그리 손색없는, 어린이의 학습 장소라고 할 만 했습니다.

그러나 점차 아버지는 갖가지 일로 저를 깜짝깜짝 놀라게 하셨습니다. 그런 아버지와 가게는 한 몸이었기에, 저에게는 가게도 편안하지 못한 곳이 되었지요. 처음에는 당연하다고만 생각했던 그곳의 일들이 저를 괴롭고 부끄럽게 만들었습니다.

그중에서도 특히 종업원들에 대한 아버지의 태도가 견디기 힘들었습니다. 잘 알지는 못하지만, 아마 그 점에서는 다른 대부분의 가게들도 매한가지였을 겁니다. (이를테면 제가 근무한 적이 있는 종합보험회사에서도 사정은 아주 비슷했어요. 사장이 직접 저에게 욕설을 해댄 적은 전혀 없었습니다. 그렇지만 어쨌든 저는 옆에서 듣는 것이나마 욕설은 참을 수 없다고 사장에게 말한 다음, 회사를 그만두겠다고 선언했습니다. 그만두는 이유가 사실 그대로는 아닐지라도, 대체로 사실과 부합되었습니다. 저야 원래 그런 일에 대해서는 지독하게 고통스러울 정도로 민감했으니까요.[34] 하지만 다른 가게들은 어린 시절 저의 관심사가 아니었습니다. 저는 오로지 아버지의 화난 모습을 보고, 아버지의 욕과 고함 소리를 들었을 뿐이죠. 당시의 저에게 그것은 다른 곳이라면 세상 어디에서도 일어날 것 같지 않은 엄청난 사건으로 여겨졌습니다. 또 아버지는 욕설만이 아니라 전제군주 같은 난폭한 행동도 하셨어요. 가령 다른 물건들과 뒤섞이지 않도록 골라내 카운터에 올려두었던 물건들을 단번에 쳐서 떨어뜨리시면, 점원들이 다시 집어 올려놓아야 했지요. 아무리 한번 화가 나면 물불을 가리지 않고 화를 내는 분이라 해도 도무지 이해하기 어려운 일이었습니다. 폐병을 앓는 어떤 점원에게는 "저 병 걸린 녀석은 왜 안 뒈지는 거야. 개자식 같으니"라고 말씀하셨는데, 그런 말투를 아버지는 늘 입에 달고 사셨지요. 또 아버지는 종업원들을 "돈 받아먹는 원수들"이라고 부르셨는데, 사실 그들에게 그런 면이 있기도 했습니다. 그러나 제가 생각하기에는, 그들이 실제로 그런 사람이

34 카프카는 1907~1908년에 근무하던 '아시쿠라치오니 게네랄리(Assicurazioni Generali, 종합보험)'라는 민간 보험회사를 그만둔 다음, 근무 후 여가 시간이 더 많은 반(半)국영 노동자상해보험공사에 자리를 구했다. 여러 서신에서 카프카는 자신이 첫 직장을 그만둔 이유가 단지 다음 직장의 조건이 더 나았기 때문이라기보다 나이 든 직원이 욕을 먹는 것을 견딜 수 없었기 때문이라고 밝히고 있다.

되기 전부터 아버지는 그들에게 '돈을 주는 원수'였습니다. 이 점에서 저는 아버지도 부당한 행동을 할 수 있다는 커다란 가르침을 얻기도 했지요. 하지만 아버지가 저에게도 역시 부당한 행동을 할 수 있다는 사실만은 그때까지 깨닫지 못했던 것 같습니다. 저는 너무 많이 누적된 죄책감으로 인해 저에 대한 아버지의 모든 행동을 정당하다고 여기고 있었으니까요. 어쨌든 어린 제가 보기에 그들은 남인데도 우리를 위해 일했고, 일하기 위해서 아버지를 줄곧 무서워하며 살아가야 했습니다. 나중에 저의 이런 생각은 당연히 약간 바뀌었습니다. 아주 많이 달라지지는 않았지만요.[35] 아무튼 당시의 제 생각은 물론 지나친 것이었습니다. 아버지께서 저를 대하실 때와 마찬가지로 그들을 혹독하게 다루신다고 단순하게 생각했으니까요. 실제로 제가 당하는 것만큼이나 심하게 당했다면, 그들은 참고 살아갈 수 없었을 거예요. 그러나 그들은 다 자란 성년이었고 대단히 유용한 감수성을 갖고 있었습니다. 그래서 별로 힘들이지 않고 모멸감을 떨쳐버릴 수 있었을 겁니다. 게다가 사실 그런 모욕은 그들보다 아버지 자

---

35 종업원들에 대한 주인의 적대적인 태도는 당시 프라하 중산층에게 일반적인 현상이었다고 한다. 또한 1911년 카프카의 일기에는 아버지의 가게에서 일하던 종업원이 전원 사직 의사를 밝히자 아버지가 성심껏 좋은 말로 지혜롭고도 의연하게 설득해서 그들 대부분이 가게에 남게 했다고 기록되어 있다.

신에게 결과적으로 훨씬 더 유해한 것이었죠.

어쨌든 그런 일들로 인해 가게는 저에게 견딜 수 없게 되고 말았습니다. 제가 아버지와 맺고 있는 관계를 너무도 자주 떠올리게 만들었기 때문입니다. 사업상의 관심이나 아버지 특유의 지배욕을 논외로 하고 말하자면, 사업가로서의 아버지는 일찍이 아버지께 일을 배운 그 누구보다도 탁월하셔서 그들의 어떤 성과에도 만족하실 수 없었습니다. 비슷한 이유로 저에 대해서도 언제까지나 불만스러워하실 수밖에 없었고요. 그렇기에 제가 종업원들의 편을 든 것은 필연적인 일이었습니다. 아울러 제가 불안과 두려움으로 인하여, 어떻게 사람이 남을 그토록 모욕할 수 있는 것인지 잘 납득하지 못했기 때문이기도 합니다. 그런 마음으로 몹시 기분이 상한 것 같은 종업원들을 저 자신의 안전을 위해서라도 아버지나 우리 가족과 화해시키려 했던 것이지요. 그러므로 이제 종업원들에게 보통 때처럼 예의 바르게 행동하는 것만으로는 충분하지 않았습니다. 겸손한 행동조차 부족하기는 마찬가지였지요. 저는 거의 비굴하다시피 행동해야 했습니다. 먼저 인사를 건네는 것은 물론이고, 행여 답례 인사를 받지 않도록 몹시 조심해야 했다는 말입니다. 그러나 저라는 하찮은 존재가 설령 그들 아래 엎드려 발을 핥는다 해서, 그들의 주인이신 아버지가 위에서 짓뭉개는 단 한 번의 모욕이나마 보상해줄 수 있었을까요. 이때 제가 이들과 맺은 관계는 사업상의 일을 벗어나 훗날까지 지속적으로 영향을 미쳤습니다. (저만큼 위험하고 심각하다 할 정도는 아니었지만, 오틀라도 가난한 사람들과 사귀기를 좋아했습니다. 하녀들과 나란히 앉아 있곤 해서 아버지가 화를 내시곤 했죠.[36])

결국 저는 거의 가게 자체를 두려워하는 지경에 이르렀습니다. 하지만 어쨌든 가게 일은 아주 오래전부터, 그 가게 덕분에 가능했던 제 김나지움과 대학 시절 이전부터 이미 저와 무관한 것이 되었습니다. 또 가게 운영은 제 힘으로는 어림도 없는 일처럼 생각되기도 했고요. 아버지도 말씀하신 적이 있지만, 가게 일은 아버지의 능력으로도 힘겨운 것이었잖아요. 제가 가게나 아버지의 일을 싫어해서 아버지를 무척 괴롭게 해드렸는데,[37] 그런 저의 혐오를 아버지는 조금이나마 기분 좋은 방향으로 해석하시려 했습니다. (이는 지금도 저를 부끄럽게, 또 가슴 뭉클하게 만듭니다.) 한사코 저에게는 아예 장사꾼 기질이 없다고, 혹은 제 머릿속에 좀 더 고귀한 이념이라든지 그 비슷한 어떤 이념이 들어 있기에 그런 것이라고 말씀하셨죠. 그런 설명은 비록 아버지 자신이 억지로

---

36 오틀라는 기꺼이 하녀들을 위로해주다가 "제일 좋아하는 짓이 하녀와 붙어 앉아 있는 것"이라는 부친의 핀잔을 듣기도 했다고 한다.
37 당연한 일이었겠지만, 부친은 카프카가 가게 일을 맡아주기를 원했다고 한다.

믿고자 했던 바이지만, 어머니께 기쁨을 주었습니다. 저 역시 불가피하게, 또 허영심 때문에 그 해석의 영향을 받았고요. 하지만 그 '고귀한 이념'이라는 게 실제로 존재해서 오직, 또는 주로 그것이 저를 (지금은, 사실 지금에야 비로소, 진심으로 싫어하는) 가게 일에서 떼어놓았던 걸까요. 그렇다면 그 이념은 제가 살아온 것과는 다른 식으로 표출되었어야 할 겁니다. 그런 고귀한 이념이, 김나지움과 법학 공부의 물살을 조용하고도 불안하게 헤쳐나간 뒤 결국 관료의 책상에 닻을 내리도록 저를 이끌었으리라고는 생각되지 않으니까요.

제가 아버지에게서 달아나려면, 숫제 가족 모두로부터, 심지어 어머니로부터도 달아날 각오를 해야 했을 것입니다. 어머니는 늘 저의 피난처가 되어주셨지만, 그 피난처도 오직 아버지와 맺고 있는 관계의 내부에 자리 잡고 있었습니다. 아버지를 극진히 사랑하시고 무척 충실하게 헌신하셨기에, 어머니는 투쟁적인 상황에 처해 있던 어린아이에게 지속적이고도 독자적인 정신적 지주가 되어줄 수 없었습니다.[38] 어린아이 특유의 예리한 직관에 따르면, 세월이 흐를수록 어

---

38 오틀라의 1919년 서신에 따르면, 어머니가 스스로 만족하기 위한 필수 조건은 자신이 모든 점에서 아버지의 마음에 드는 사람이어야 한다는 것이었다.

머니께서는 점점 더 아버지와 긴밀하게 결속되었습니다. 어머니는 단 한 번도 아버지의 기분을 몹시 언짢게 하는 일 없이, 나름의 극히 작은 영역 내에서 맵시 있고 온화하게 독자성을 유지하셨어요. 하지만 시간이 지날수록 자녀들에 관한 아버지의 판단과 선입견을, 그 이성적 측면보다 감정적 측면을 맹목적으로 수용하셨습니다. 이런 점은 특히 오틀라의 일처럼 중요하고도 까다로운 문제에서 잘 드러났습니다.[39] 물론 집안에서 어머니의 역할이 얼마나 어머니를 고통스럽고 지치게 만들었는지 절대 잊어서는 안 되겠지요. 어머니는 가게 일 하시랴 집안 살림 하시랴 고초도 많으셨고, 가족들이 병을 앓을 때마다 곱절로 아파하셨습니다. 가장 힘겨운 것은 저희와 아버지의 중간에서 감당해야 했던 괴로움이었을 겁니다. 비록 아버지는 늘 어머니를 애정 어린 마음으로 세심하게 보살펴주셨지만, 그런 면에서는 저희와 조금도 다름없이 어머니의 입장을 별로 배려하지 않으셨습니다. 아버지는 아버지대로 저희들은 저희들대로, 그 심정을 헤아리지도 않은 채 어머니께 연거푸 타격을 가했습니다. 그것은 일종의 분풀이였어요. 나쁜 마음으로 그런 것은 아니었지만요. 아버

---

39 카프카의 모친은 오틀라가 경험이 없는데도 취라우에서 너무 어려운 일을 한다고 믿었다. 그녀는 딸에게 직간접적으로 여러 차례 서신을 보내, 일을 그만두고 프라하로 돌아오도록 설득했다.

지는 저희와, 저희는 아버지와 벌이던 싸움에 몰두해 있었을 뿐이지요. 그래서 어머니가 완전히 탈진할 때까지 어머니라는 지반 위에서 격렬하게 뛰어다녔던 것입니다. 아버지께서 저희 때문에 — 아버지께 조금이라도 잘못이 있다고 할 일은 물론 아니지만 — 어머니를 괴롭히신 일도 자녀 교육에 유익하지는 않았습니다. 그것은 달리 변명할 길이 없는 짓을 어머니께 저지른 저희가 스스로 그런 행동을 정당화할 수 있는 유일한 구실이었기 때문입니다. 어머니께서 저희 때문에 아버지께 시달리거나 아버지 때문에 저희에게 부대낀 사례들과 함께 묶을 수 없는 일도 있습니다. 어머니가 저희를 지나치게 싸고돈다는 아버지의 책망은 정당했으니까요. 그러나 어머니의 그런 '과보호'가 때로는 아버지의 체제에 맞서는 조용하고 무의식적인 저항 시위였을지도 모릅니다. 어머니는 우리 가족 모두에 대한 사랑과 거기에서 얻는 행복으로부터 그 모든 것을 극복할 힘을 끌어내셨습니다. 그러지 않았다면 절대 견뎌내시지 못했을 것입니다.

누이들은 저와 처지가 약간 달랐습니다. 아버지와의 사이에서 가장 행복했던 건 발리였어요. 어머니와 가장 가까운 사이였던 그 애에게는 어머니와 비슷한 점까지 있었습니다. 별로 힘들이지 않고, 소중한 것을 포기하는 일 없이 아버지

카프카(1917년)

께 순종할 수 있었다는 점이 그것이죠. 아버지도 그 애를 보면 어머니를 연상하시면서 비교적 다정하게 대해주셨습니다. 그 애에게 카프카 집안 고유의 특징이 별로 없었음에도 말입니다. 하긴 그것이 아버지가 바라시던 바였을지도 모르지요. 카프카 집안의 특성이 전혀 없는 사람들에게는 아무리 아버지라도 그 특성을 요구할 수 없었습니다. 저희 다른 남매들과 달리 그 애로부터는, 강제로라도 붙들어두었어야 좋았을 뭔가가 사라져버렸다는 상실감도 느끼지 않으셨습니다. 어쩌면 카프카 집안의 특성이 여자들에게 나타나는 것은 아버지께 별로 달갑지 않았을지도 모릅니다. 어쨌든 다른 남매들이 은근히 조금 훼방을 놓지 않았다면, 아버지와 발리는 한층 더 다정해졌을 것입니다.

엘리는 아버지의 영향권을 거의 완벽하게 벗어날 수 있었던 유일한 자식이었습니다. 그 애가 어렸을 때만 해도 저는 그 애가 장차 그럴 수 있으리라고 전혀 예상하지 못했답니다. 그 애는 무척 둔하고 기력이 약하고 겁 많고 뚱하고 비굴하고 심술궂고 게으르고 군것질 좋아하고 욕심이 많은, 또 죄의식까지 지닌 아이였어요. 그 애를 가만히 바라보는 것조차 저에게는 힘든 일이었고, 말을 붙여본다는 것도 엄두가 나지 않았습니다. 그 애는 저 자신을 연상시켰고, 저와 비슷한 양상으로 동일한 교육이 발휘하는 마력에 사로잡혀 있었기 때문입니다. 특히 저에게 반갑지 않은 것은 그 애의 탐욕이었습니다. 제 내부에는 한층 더 강한 욕심이 도사리고 있었으니까요. 탐욕은 심대한 불행의 가장 확실한 표식이죠. 저는 무엇에 대해서든 좀처럼 확신을 가질 수 없었습니다. 그래서 가령 제 손으로 이미 잡거나 입안에 넣은 것만을, 최소한 막 그러려는 찰나에 있는 것만을 제 것이 되었다고 생각했습니다. 그런데 그런 것을 빼앗아 가는 일이야말로 저와 닮은 그 애가 제일 좋아하는 짓이었죠.

그렇지만 그 애가 꽤 어린 나이에―이 점이 가장 중요한데―집을 떠나고, 결혼해서 아이를 낳은 후에는 모든 게 달라졌습니다. 그 애는 명랑하고 쾌활하고 용감해졌고, 사심 없이 남에게 너그러워졌으며, 희망에 부푼 사람이 되었습니다.[40] 하지만 놀랍게도 아버지께서는 엘리의 그런 변화를 인정하지 않으셨고, 공정한 평가도 한사코 마다하셨어요. 전부터 엘리에게 품고 계셨던 앙심이 근본적인 변화 없이 지속되어, 그처럼 아버지의 시야를 흐려놓았던 겁니다. 단, 그 앙심은 이제 현실적 의미가 훨씬 축소되었습니다. 엘리가 우리

---

40 1913년 초의 일기에서도 카프카는 "이전에 둔하고 만족할 줄 모르고 신경질적으로 성급하던" 엘리가 "충만한 행복 속에서 자신의 현존을 뚜렷이 확장했다"고 쓰고 있다.

오틀라와 함께(1918년)

와 함께 살지 않을 뿐만 아니라, 아버지의 펠릭스에 대한 사
랑과 카를에 대한 애착이 그 양심의 비중을 줄였기 때문입니
다. 게르티 혼자 아직도 가끔 그 대가를 치르고 있을 뿐입니
다.[41]

오틀라에 대해서는 감히 이야기를 꺼낼 엄두가 나지 않는
군요. 섣불리 말씀드리다 자칫 잘못하면, 제가 이 편지에 걸
고 있는 온 희망이 깡그리 위태로워진다는 것을 잘 알기 때
문입니다. 그 애가 특별히 위험한 상황이나 곤경에 처하지
않는 한, 보통 그 애에 대한 아버지의 감정은 증오 한 가지뿐
입니다. 아버지 스스로 저에게 속마음을 털어놓으신 적도 있
지 않습니까. 그 애가 일부러 끈질기게 아버지의 고통과 분
노를 유발하는 것 같다고요. 아버지가 그 애 때문에 괴로워
하시면 그 애는 만족해서 기뻐하는 것 같다고요. 그러니 악
마와 다를 바 없는 애라고요. 어떻게 이토록 소름 끼치는 내
면의 괴리가, 아버지와 저 사이의 것보다 더 거대한 괴리가
생겨나 이런 무서운 오해를 만들었을까요. 그 애가 아득하게
멀어져버렸기에, 이제 아버지께는 그 애가 잘 보이지도 않습
니다. 그래서 그 애가 있을 거라고 짐작하시는 곳에 유령을

41 펠릭스와 게르티는 누이 엘리와 카를 헤르만 부부의 자녀이다.

하나 두신 것입니다.

오틀라는 아버지께서 다루시기에 유난히 까다로운 자식이지요. 저도 인정합니다. 무척 복잡한 그 애의 속을 제가 환하게 들여다볼 수는 없지만, 아무튼 그 애에게는 일종의 뢰비 가문 사람들의 특성 위에 카프카 가문의 가장 뛰어난 무기들을 장착한 것과 같은 기질이 있습니다. 아버지와 저 사이에는 실제 싸움이라 할 만한 게 없었어요. 저야 단번에 끝장이 나버렸죠. 남은 일이라고는 도주와 쓰라림, 비애와 내적인 투쟁뿐이었습니다. 그러나 그 애와 아버지는 항상 투쟁적 상황에 처해 있었고, 늘 새로운 활기에 차 있었고, 언제나 강한 힘을 지니고 있었습니다.[42] 대단하면서도 암담하기 이를 데 없는 모습이었죠.

처음에는 아버지와 그 애가 분명히 무척 가까웠습니다. 지금도 우리 넷 중에서 아버지와 어머니의 결혼에 함축된 힘을 가장 순수하게 체현하고 있는 자식은 아마 오틀라일 겁니다.[43] 무엇이 아버지와 그 애로부터 부모와 자식의 화합이라는 행복을 앗아 갔는지 저는 알지 못합니다. 그 애의 상황도 저와 비슷했으리라고 짐작할 뿐입니다. 아버지 쪽에서는 아

---

42 1917년 10월 프라하로의 여정을 앞두고 오틀라는 이렇게 썼다. "어머니는 분명 기뻐하실 테고, 여행을 할 때마다 아버지를 생각하면 좀 불안하지만, 그래도 내 기분은 늘 유쾌하다." 이 글은 카프카와 다른 그녀의 특성을 단적으로 알려준다.

버지의 본성에 따른 강압이 있었을 것이고, 그 애 쪽에서는 뢰비 가문의 고집과 감성, 정의감과 불안이 있었을 것입니다. 동시에 양측 다 카프카 집안 특유의 확고한 자의식에 바탕을 두고 있었을 것이고요. 저도 그 애에게 영향을 주었겠지만, 제가 어떤 동기를 갖고 자발적으로 그런 것은 아닙니다. 있는 그대로의 제 현존이 영향을 주었겠지요. 더구나 그 애는 이미 형성되어 있던 권력 관계에 뒤늦게 끼어들었고, 이미 마련되어 있던 숱한 자료들에 근거해서 스스로 판단을 내렸을 뿐입니다. 저는 그 애가 아버지의 품에 안겨야 하느냐, 대립적인 사람들 중의 하나가 되느냐를 두고 한동안 심각한 갈등을 겪었다고까지 생각합니다. 당시 아버지는 그런 것을 별로 중요하게 생각하지 않으셨기에 끝내 그 애를 내치시고 말았지요. 그러나 상황이 그 정도로 나쁘지만 않았다면, 아버지와 그 애도 그야말로 따뜻하고 화목하게 지낼 수 있었을 겁니다. 그랬다면 저는 제 편의 한 사람을 잃어버렸겠지요. 하지만 사이좋은 아버지와 딸을 바라볼 수 있다는 것은 그런 제 손실을 족히 보상해주고도 남았을 겁니다. 동

43 카프카는 일기와 편지에 이렇게 적고 있다. "때로 오틀라는 내가 원했던 먼 곳의 어머니처럼 여겨진다. 순수하고 진실되고 성실하고 지조가 있다. 겸손과 자부심, 감수성과 절도, 헌신과 자기 관리, 수줍음과 용기가 확고한 균형을 이루고 있다." "내 누이의 뜻에 동조할 때만큼 내가 나 자신에게 이질적인 요소를 단호하게 지지하는 경우는 결코 없다."

시에 아버지도 최소한 자식 하나로부터는 뿌듯한 만족을 얻는다는, 감히 마다할 수 없는 행복을 누리셨을 겁니다. 또한 그 행복은 아버지를 저에게까지 아주 호의적인 방향으로 변모시켰겠지요.

물론 이 모든 것이 이젠 한갓 꿈일 따름입니다. 오틀라는 아버지와 연락도 없이 지내고, 저처럼 혼자서 자기 앞길을 헤쳐나가야 합니다. 그 애는 저보다 확신에 차 있고, 자신에 대한 신뢰가 더 깊고, 더 건강하고, 더 과감합니다. 그래서 그 애가 아버지의 눈에 저보다 더 못된 배신자로 보이는 것입니다. 아버지의 생각이 바로 그렇다는 것을 저는 알 수 있답니다.[44] 그렇지만 그 애도 아버지의 입장에서 자신을 바라볼 줄 알고, 아버지의 고통에 감정이입할 줄도 압니다. 아울러 그로 인해—절망은 저에게나 해당되는 것이어서 그 애가 절망에 빠지는 일은 없지만—몹시 슬퍼할 줄도 아는 애입니다. 제가 그 애를 부추기지 않았다던 말과 상치된다고 하실지도 모르지만, 아버지도 보고 들으셨듯이 저희 둘은 종종 함께 웃으면서 귀엣말로 아버지에 대해 이야기하곤 했습니다. 그럴 때면 저는 아버지가 마땅치 않아 하신다는 기색을 느꼈지

---

44 카프카는 "나와 아버지의 관계에 있어서 가장 이상한 점은 내가 아버지께 공감하지 않으면서도 아버지의 마음으로 느끼고 괴로워하는 법을 아주 잘 알고 있다는 것"이라고 말했다.

요. 아버지는 저희에게 뭔가 괘씸한 꿍꿍이가 있다고 생각하셨을 것입니다. 별난 꿍꿍이가요. 물론 저희가 나누는 이야기나 생각의 주된 주제는 바로 아버지였습니다. 이미 오래전부터 그랬죠. 하지만 저희가 아버지에 대한 무슨 모반을 꾸미려고 같이 앉아 있었던 것은 아닙니다. 아버지와 저희의 종결되지 않은 이 끔찍한 소송에 대해 상세히 논의하고자 그런 것입니다. 정신을 집중해서 재미있고도 진지하게, 사랑과 반항심, 분노와 혐오, 체념과 죄책감을 품고, 두뇌와 가슴속의 모든 힘을 기울여서 말입니다. 또 모든 점을 낱낱이 살피고 온갖 동기와 원인을 짚어가며, 다양한 측면에서 세밀하고도 포괄적으로 숙의했던 것입니다. 아버지께서는 항상 그 소송에서 판결자의 지위에 있음을 주장하시죠. 하지만 아무리 봐도 아버지 역시 거의 모든 경우에 (물론 제 판단이 얼마든지 잘못된 것일 수도 있지만) 저희처럼 허약하시고 저희만큼이나 제대로 보지 못하는 소송 당사자이십니다.

이르마는 아버지의 교육이 미친 전반적인 영향과 연관 지어 살펴볼 만한 유용한 예입니다.[45] 그 애는 우리 가족이 아

---

45 이르마는 카프카의 여자 사촌으로 1차 세계대전 중에 카프카 부친의 가게에서
일한 적이 있다. 오틀라와 단짝이었지만, 오틀라와는 달리 매우 합리적이고 주
변 세계에 잘 적응하는 편이었으며 선량하고 겸손하고 침착했다고 한다.

카프카(1923년)

니었고, 다 자란 뒤에 아버지의 가게에 와서 주로 아버지를 직장 상사로 대했습니다. 말하자면 이미 저항할 능력이 있는 나이에 부분적으로만 아버지의 영향을 받았던 것입니다. 한편으로 그 애는 혈연이었고, 아버지를 자기 아버지의 형제로서 존경했습니다. 아버지도 단순한 직장 상사 이상의 힘을 그 애에게 발휘하셨고요. 몸은 허약했지만, 이르마는 아주 유능하고 영리하고 부지런하고 겸손하고 믿을 만했으며, 또한 이기적이지 않고 성실했습니다. 아버지를 삼촌으로서는 사랑하고 직장 상사로서는 대단한 분으로 평가했습니다. 또한 그 애는 우리 집에 있기 전이나 후에 다른 일을 할 때, 자신에 대한 평판이 사실이라는 것을 확인할 수 있게 해주었습니다. 그런 그 애도 아버지에게는 아주 훌륭한 직원이 아니었죠.

어쨌든 그 애는 거의 아버지의 친자식과 같은 처지에 놓여 생활했습니다. 물론 저희에게 휩쓸려 지내다 보니 그렇게 된 탓도 있지요. 그리고 아버지의 성품이 지닌 위력, 즉 무엇인가를 구부려놓을 수 있는 힘은 그 애에게도 지대한 영향을 미쳤습니다. 그래서 그 애의 마음속에서도 건망증과 태만, 억지스러운 익살이 싹텄습니다. 심지어 약간의 반항기도 그 애가 가질 수 있는 만큼은 갖게 되었던 것 같습니다. (물론 아버지를 대할 때만 나타나는 특징이었고, 제가 진정으로 바라는 바였는데, 상당히 심각한 고통을 동반하지도 않았지요.) 그 애가 병약했고, 그리 행복하지 못했고, 어려운 집안 문제를 짊어지고 있었다는 점은 논외로 했지만 말입니다.[46] 아버지는 아버지와 그 애의 관계를 한마디로 요약하셨습니다. 그 말씀은 이미 저희에게 고전이 되었죠. 아버지가 사람들을 다루는 방식에 아무 잘못된 점이 없음을 강력하게 표명하는, 신성모독에 가까운 말씀이었습니다. "그 여자가 하느님 곁으로 가면서 나한테 남겨준 유산이 그런 잡것이라니!" 라고요.[47]

아버지의 영향권 내에서 벌어진 일, 또 그 영향에 저항했던 사람들의 일이라면 아직 더 거론할 수 있습니다. 하지만 불확실성에 빠져 짜맞춰야 하는 부분이 생길 것입니다. 더욱이 옛날부터 아버지는 가게와 가족으로부터 멀어지실수록, 더 친절하고 관대하고 정중하고 사려 깊고 동정적인 분이 되셨으니까요. (물론 외관상 그러셨다는 말입니다.) 예컨대 독재자가 일단 자기 영토를 벗어나면 변함없이 강압적으로 행

---

46 오틀라에 따르면, 이르마도 자기처럼 부친의 가게 일에 잘 적응하지 못했다고 한다.

47 이르마는 자기 어머니가 죽은 후 카프카의 집으로 오게 되었다. 따라서 '그 여자'는 이르마의 어머니를 가리키는 것으로 보인다.

동할 이유가 없으므로 가장 비천한 사람들과도 스스럼없이 어울리는 식이었죠. 실제로 프란첸스바트에서 찍은 단체 사진을 보면, 키가 큰 아버지께서 무뚝뚝한 표정의 키가 작은 사람들 틈에 여행 중의 제왕처럼 즐거운 모습으로 서 계시잖습니까. 이런 사실을 통찰하는 것이 어린아이에게는 불가능한 일이었습니다. 만약 그때 이미 알아차릴 수만 있었다면, 그 점을 잘 활용할 수도 있었을 텐데요. 요컨대 제가 실제로는 아버지의 영향권 중에서도 강압적으로 졸라매어 가장 엄격하게 관리되는 가장 깊은 곳에서 거의 한 번도 벗어나지 못하고 지냈지만, 그런 상태를 벗어날 수도 있었을 것이라는 말입니다.

그렇게 살아왔기에 저는 아버지께서 말씀하시는 식의 가족 의식은 잃어버렸습니다. 하지만 그 대신 나름대로 가족을 위하는 마음이라고 할 만한 것이 생겨났습니다. 물론 이런 의식은 (제가 결코 완수하지 못할) 아버지와의 내면적인 결별을 실행하는 데 방해가 되었죠. 또한 아버지의 영향력은 제가 가족 외의 사람들과 맺는 관계에도 어려움을 가중하지 않았나 싶습니다.

아버지께서는 혹시 제가 다른 사람들을 위해 성심껏 노력하는 반면, 가족을 위해서는 냉담한 배신자처럼 결코 애쓰지 않는다고 보시는지요. 그런 생각은 사실과 전혀 다릅니다. 누차 말씀드렸듯, 저는 다른 여건에서도 사람들을 꺼리는 근심 많은 사람이 되었을 것입니다. 그러나 그런 모습과 지금 실제의 제 모습 사이에는 여전히 길고 어두운 길이 놓여 있습니다. (지금까지 얼마 안 되지만, 제가 이 편지에 의도적으로 쓰지 않은 사항들이 있습니다. 이후로도 아직 아버지께 털어놓기 어려운 몇 가지에 대해서는 침묵해야 할 것 같습니다. 이 말씀을 드려두는 이유는, 제 이야기가 그려내는 전체적인 그림이 여기저기 부분적으로 좀 선명하지 않더라도 입증 근거들이 부족해서라는 아버지의 오해를 방지하기 위함입니다. 근거들은 엄연히 있지만, 어떤 것들은 그림을 견딜 수 없을 정도로 거칠고 투박하게 만들어버릴 수 있거든요. 그런 것들을 피하면서 진실하고도 완곡하게 쓰기가 쉽지 않군요.) 하지만 여기에서는 전에 말씀드린 점을 상기시켜드리는 것으로 충분합니다. 즉, 제가 아버지로 인해 저 자신에 대한 신뢰를 상실했고, 그 대신에 끝없는 죄책감을 갖게 되었다는 사실 말입니다. (그 끝없음에 대해서는 제가 어떤 사람의 이야기를 쓸 때 "그는 자기가 죽어도 수치는 살아남게 될 것을 두려워했다"고 적절하게 표현한 적이 있습니다.[48])

이런 제가 다른 사람들을 상대한다고 해서 돌연 달라질 수는 없었습니다. 오히려 아버지에 대한 죄책감보다 한층 더 깊은 죄책감에 빠져들었습니다. 이미 말씀드렸듯, 제게도 공동 책임이 있는 아버지의 잘못으로 가게에서 그들에게 지게 된 마음의 빚을 저만이라도 갚아야만 했으니까요. 또 아버지는 제가 사귀는 사람들에게 때로는 공공연히 때로는 비밀리에 비난을 퍼부으셨습니다. 그래서 저는 그 사람들에게도 용서를 빌어야 했습니다. 아버지는 가게에서도 집에서도 그 대부분의 사람들에 대한 자신의 불신을 저에게 주입하려 하셨습니다. (어린 시절 저에게 어떤 의미로든 중요했던 사람들 중에서 아버지로부터 적어도 한 번쯤 가혹한 말을 듣지 않은 사람이 한 명이라도 있다면 말씀해보세요.) 그 정도로 남을 불신하셨지만, 그로 인해 아버지가 특별히 정신적으로 힘들어하신 적은 이상하다 할 만큼 전혀 없었습니다. (아버지께선 그런 상황을 견뎌내실 만큼 강하셨습니다. 하긴 그것이 아마 실제로 독재자들의 특징이겠죠.) 그러나 아버지의 불신이 타당하다는 것을 저 스스로는 한 번도 확인할 수 없었습니다. 어린 저에게는, 불신받는 사람들이 모두 제가 감히 따

---

48 카프카의 일기에는 "아버지의 말씀만큼 심대하지는 않아도 내게 죄가 있다는 점에는 의심할 여지가 없다"는 구절이 있다. 또 1917년 11월 카프카는 막스 브로트에게 자살 의도와 그 무의미성에 대한 생각으로 가득했던 시절을 회상하면서 이렇게 썼다. "내가 대면하고 있는 것은 (…) 비참한 삶이며 비참한 죽음이네. '그는 죽어도 수치는 살아남게 될 것이다'가 대충 '소송 소설'의 결말이 되겠네."

라갈 수 없을 만큼 훌륭하다고 여겨졌기 때문입니다.[49] 그러 므로 아버지의 불신으로 인해 저의 내면에서는 저 자신에 대한 불신이 자리 잡게 되었습니다. 무엇보다도 남들을 대 할 때마다 지속적으로 불안해졌지요. 이런 상황에서 아버지 의 영향력으로부터 저 자신을 구출한다는 것은 불가능했습 니다.

아버지께서 이렇게 오해하고 불신하신 까닭은 제 교우 관 계에 대해 아무 말도 들어보시지 않았기 때문일 겁니다. 그 래서 의구심과 질투심으로 인해 (아버지께서 저를 사랑하신 다는 것을 부정할 필요가 없는 한, 이 이유라고 보는 게 타당 하겠지요) 지레짐작하셨던 것입니다. 저의 바깥 생활이 집 안 생활과 같을 리가 없고, 그렇다면 제가 가족들과의 생활 에서 얻지 못하는 것들을 바깥에서 누리고 있음에 틀림없다 고 말입니다. 하긴 저 역시 어린 시절 저 자신의 판단을 의심 함으로써 얼마간의 위안을 얻기도 했습니다. 당시 저는 스스 로 "너는 어린아이들이 늘 그렇듯이 별것 아닌 것을 대단한 예외인 양 심각하게 느끼고 과대평가할 뿐"이라고 위로했습 니다. 하지만 이런 위로도 훗날 세상을 한층 넓게 살피면서

---

49 카프카는 이미 어린 시절부터 자기가 "실제보다는 예감 속에서" 자신을 과소평 가하기 시작했다고 밝힌 적이 있다. 또한 "나만큼 천박한 사람은 없다"는 유치 한 자학은 어른이 된 다음에도 별다른 변화 없이 지속되었다고 토로했다.

《소송》원고

부터는 얻기 힘들게 되었죠.

유대주의에서도 아버지로부터의 구원은 찾아낼 수 없었습니다. 물론 구원이라는 문제 자체에 대해서는 찾을 수 있었을지도 모릅니다. 나아가 어쩌면 아버지와 저 둘 다 유대주의 안에 자리 잡고 있었다는 식으로, 또는 유대주의로부터 시작해서 합일점을 찾는다는 식으로 생각할 수도 있었을 겁니다.[50] 하지만 제가 아버지로부터 물려받은 유대주의는 대체 무엇이었던가요! 제가 살아오면서 그 유대주의에 대해 취한 태도는 대략 세 가지였습니다.

어린 시절 저는 사원에 다니거나 단식하는 일을 열심히 하지 않았습니다. 아버지께서 그런 저를 질책하시는 것도 마땅하다고 생각했고, 스스로 질책하기도 했습니다. 저의 그런 태도는 저 자신보다 아버지께 떳떳하지 못한 일이라고 믿었죠. 다른 때와 마찬가지로 늘 준비되어 있던 죄의식이 저를 관통했습니다.

---

50 카프카에게 유대 종교, 혹은 유대주의란 신앙의 문제일 뿐 아니라, 무엇보다 신앙에 의해 규정된 공동체적 삶의 실천 문제였다.

카프카가 살았던 집(1916~1917년)

그 후 좀 더 자랐을 때, 저는 이해할 수 없었습니다. 아버지께 익숙한 유대주의의 요소들이 무의미함에도 불구하고, 어떻게 제가 그 무의미한 행위들을 (아버지께서 말씀하시는 경건한 심정으로) 애써 따라 하지 않는다고 책망하실 수 있는지를 말입니다. 제가 보기에 그것은 정말 무의미하고 우스웠고, 아니 우습지조차 않았습니다. 아버지는 해마다 나흘씩 사원에 가셨지만, 그런 일을 진지하게 생각하는 사람들 쪽보다는 아무래도 좋다고 여기는 사람들 쪽에 약간 더 가까웠습니다. 그럼에도 형식적인 기도를 참을성 있게 마치셨지요. 또한 때때로 기도서에서 방금 인용된 부분을 정확히 찾아내어 저를 놀라게 하셨습니다. 아무튼 저는 사원 안에 있는 한 (거기 있는 게 중요했으니까요), 제가 있고 싶은 곳에 죽치고 앉아 시간을 보낼 수 있었어요. 그런 곳에서 하품을 하거나 장시간 꾸벅꾸벅 졸았고(그렇게까지 따분함을 느꼈던 경우가 훗날 또 있었는지 생각해보니 오직 무용 시간뿐이었던 것 같아요), 몇 가지 사소한 일들을 지켜보며 되도록 무료함을 달래려 했습니다. 이를테면 율법 두루마리의 보관함을 여는 것을 보았죠. 그때마다, 오락 사격장에서 표적을 명중시켰을 때 상자가 열리던 모습이 생각났습니다. 사격장에서는 늘 뭔가 재미있는 물건이 나왔지만, 그 함에서는 늘 머리 없는 낡은 인형들만 나왔습니다.[51] 한편 저는 여러 이유로 두려움에

떨기도 했습니다. 수많은 사람이 꽤 가까운 거리에 있었으니 당연한 일이었죠. 하지만 또한 언젠가 한번 아버지께서 저도 모세 오경 낭독 때 호명될지 모른다고 하셨기 때문이었어요. 그 걱정으로 몇 년 동안이나 조마조마했답니다. 그 밖에 저의 따분함을 가시게 할 만한 중요한 일은 거의 없었습니다. 기껏해야 우스운 말을 외워서 우스꽝스러운 시험을 거쳐야 했던 견진성사가 있었죠.[52] 아버지께서 모세 오경 낭독에 불려 나가서 잘 넘기신 적도 있고요. 그것이 저한테는 그저 사교를 위한 의례적 행사로 느껴졌습니다. 또 추념 기도회 때는 저를 귀가시키고 아버지만 사원에 남으셨지요. 아무래도 제가 어떤 식으로든 제법 본격적으로 동참하는 일 없이 혼자 되돌려 보내졌기 때문이겠지만, 저는 뭔가 고상하지 못한 일이 벌어지고 있다는 느낌을 막연하게나마 오래도록 갖기도 했습니다.

사원에서는 그런 식이었고, 집에서는 더 보잘것없었던 것 같아요. 유월절 축일 첫날 저녁의 가족 예배나 좀 그럴듯했는데, 그나마 점점 숨넘어가는 웃음으로 가득한 코미디처럼 변

---

51 율법이 적힌 양피지의 길쭉한 두루마리가 어린 카프카에게는 머리 없는 인형처럼 보였던 것 같다.
52 유대교의 달력에 따라 13세가 되는 안식일에 율법 낭독 행사에 참가하여 공동체의 정식 구성원으로 인정받는 예식이다. 카프카에게는 1896년 6월 13일의 일이었다.

해갔습니다. 물론 점점 자라나는 아이들 때문에 그렇게 될 수밖에 없었을 겁니다. (왜 아버지께서 그런 상황을 잠자코 받아들일 수밖에 없었을까요? 아이들의 그런 행동이 아버지에 의해 유발된 것이었기 때문입니다.) 이것이 제가 전수받은 신앙의 재료들이었습니다. 그 밖에는 기껏해야 기념일에 "백만 장자 푹스의 아들들"이 부친과 함께 사원에 왔다면서 그들이 누구인지 가리켜주는 손길뿐이었습니다. 저는 그런 재료들로 뭘 어떻게 해야 할지 막막했습니다. 가능한 한 빨리 그 재료들을 내버리는 것보다 더 나은 선택이 무엇인지, 저는 알 길이 없었죠. 결국 저는 그 재료들과의 즉각적인 결별이야말로 더할 나위 없이 경건한 행위라고 생각했습니다.

하지만 좀 더 시간이 흐르자 제 생각은 다시 달라졌습니다. 아버지께선 제가 나쁘게 마음먹고 이런 점에서조차 일부러 아버지의 기대를 저버렸다고 생각하셨죠. 그런데 아버지로서는 당연히 그렇게 생각하실 수도 있다는 것을 제가 이해하게 되었던 것입니다. 아버지는 게토와 같은 작은 마을 공동체에서 얼마간의 유대주의를 갖고 나오셨습니다.[53] 그 유

---

53 여기에서 마을 공동체는 부친 헤르만 카프카의 출생지인 체코 프라하 남방의 보세크를 가리킨다.

대주의는 풍부하지 않았고, 게다가 일부는 아버지께서 도시에 사는 동안, 또 군 복무[54] 중에 상실되었지요. 하지만 젊은 시절의 기억과 인상만으로도 아버지가 일종의 유대주의적 생활을 영위하시기에는 비록 빠듯하지만 부족하지는 않았습니다. 도움 같은 것은 그다지 필요하지 않았어요. 아버지는 무척 강건한 혈통을 이어받으셨으니까요. 더구나 아버지는 사회적인 사고방식과 잘 화합하지 않는 순수 종교적 사유로 인해 곤혹스러워하실 만한 분이 아니셨습니다. 아버지의 삶을 이끌어온 믿음은 기본적으로 하나의 특정 유대인 사회 계급의 견해가 무조건 타당하다는 믿음이었습니다. 동시에 그 견해가 아버지의 본성을 이루는 일부이므로 결국 아버지 자신이 옳다는 믿음이었습니다. 그러한 믿음 속에도 아직 유대주의는 충분히 간직되어 있었습니다. 하지만 어린아이에게 대를 이어 전승되기에는 너무 빈약했죠. 그래서 아버지로부터 조금씩 간헐적으로 떨어져 내려오는 동안, 한 방울도 남김없이 증발해버렸습니다. 그렇게 사라진 것 중에는 원래 전수되기가 불가능한 소년 시절의 인상도 있었고, 제 두려움의 대상이던 아버지의 본질도 있었습니다.

　아버지께서는 유대주의의 이름으로 무의미한 일들을 하

54　카프카의 아버지는 스무 살에 군인이 되어 소대장까지 승진했다.

셨고, 그 무의미성에 걸맞은 무관심한 태도를 취하셨습니다. 그 무의미한 일들 중 몇 가지는 한층 고귀한 하나의 의미로 묶어볼 수도 있었습니다. 그러나 그 점을 파악하는 것은, 지겹도록 예민하게 관찰하며 지내던 근심 가득한 어린아이에게는 불가능했습니다. 아버지는 옛날의 작은 추억거리였던 그 일들을 저에게 전해주려고 하셨지요. 하지만 그 일들이 아버지께도 그 나름의 가치를 가지지 못했기에, 전수 행위도 오직 일방적 권유나 위협적인 방식으로만 행해졌습니다. 그래서 성공할 수 없었죠. 뿐만 아니라 이럴 때 아버지는 자신의 약점이 무엇인지 전혀 인식하지 못하셨기 때문에, 제가 고집불통이라고만 여기셨습니다. 그래서 몹시 화를 내실 수밖에 없었던 것입니다.

그 모든 일은 고립된 현상이 아니었습니다. 아직 종교적으로 비교적 경건한 시골에서 도시로 이주해 온 대부분의 과도기적 유대인 세대에게는 그와 비슷한 현상이 나타났던 것입니다. 이는 자연 발생적인 현상이었습니다. 다만 그렇잖아도 극도로 예민했던 우리의 관계를 아주 고통스럽게 만들기에는 부족함이 없었죠. 이 점에서 아버지도 저처럼 일단 아버지 자신에게 잘못이 없다고 생각하셔야 합니다. 그러나 이 무고함은 아버지의 타고난 성품과 시대적 상황 두 가지에 의

거해서 비로소 설명될 수 있습니다. 단순히 외적 환경 탓으로 돌릴 수는 없어요. 요컨대 아버지께서 감당할 수 없을 만큼 많은 일거리와 근심을 갖고 계셨기에 그랬다는 식으로는 말할 수 없습니다. 아버지는 이런 이유로 자신에게는 명확히 잘못이 없다고 주장하시면서, 부당하게도 비난의 방향을 타인 쪽으로 돌려놓곤 하셨죠. 하지만 그 주장은 언제 어디에서라도 아주 쉽게 반박될 수 있습니다.

아버지께서 자식들에게 마땅히 해주셔야 했던 것은 무엇인가를 가르치는 수업이 아니었을 겁니다. 그보다는 실제 삶을 통해 본보기를 보여주시는 일이 절실했을 거예요. 아버지의 유대주의가 더 확고했다면, 아버지의 본보기도 거부하기가 더 힘든 것이 되었겠지요. 이는 자명한 사실이며, 거듭 말씀드리지만 아버지에 대한 질책이 결코 아닙니다. 아버지의 책망에 대한 방어일 뿐입니다. 아버지께서는 근자에 프랭클린의 청년 시절에 대한 회고록을 읽으셨지요.[55] 제가 아버지께 그 책을 읽어보시라고 드린 것은 아주 의도적이었습니다. 그렇지만 아버지께서 빈정대신 것처럼, 채식주의에 대한 약간의 언급을 염두에 두고 그랬던 것은 아니에요. 실은 그 책

---

55 미국의 정치가 겸 작가 벤저민 프랭클린의 자서전을 말한다. 카프카는 1916년 그 체코어 번역본을 구입했다.

에서 저자가 자기 아버지와의 관계에 대해 서술한 내용 때문이었습니다. 또 그 회고담이 자기 아들을 위해 쓰였다는 점 자체에서 드러나듯이, 저자와 아들의 관계를 의식했기 때문입니다. 하지만 그 세세한 사항들까지 이 편지에서 거론하지는 않겠습니다.

지금까지 아버지의 유대주의에 관한 제 생각을 말씀드렸지만, 이 견해의 타당성을 추가로 확인해주는 또 한 가지 사례가 있습니다. 최근 제가 유대주의에 꽤 열중해 있을 때, 아버지께서 취하신 태도입니다. 아버지는 원래 제가 하는 모든 일, 그리고 특히 제가 관심을 갖는 방식에 대해 거부감을 갖고 계셨고, 이번에도 같은 반응을 보이셨습니다. 여담이지만, 적어도 이번에는 아버지께서 조금이나마 예외적인 태도를 취하시지 않을까 싶기도 했답니다. 이때의 제 관심사는 유대주의였고, 그것은 바로 아버지의 유대주의로부터 물려받은 것이었으니까요. 또한 우리 부자가 새로운 관계를 맺을 가능성에 대해서도 관심을 가졌습니다. 그러나 혹시 아버지께서 이런 문제들에 관심을 가지셨다면, 그 사실 자체로 인해 오히려 저는 의혹을 품게 되었을지도 모릅니다. 그 가능성을 부인하지는 않겠습니다. 이런 맥락에서 제가 아버지보다 어떤 식으로든 낫다고 주장하고 싶은 생각은 없어요. 과연 그런지 검토해본 적조차 결코 없습니다.

제가 개입함으로써 유대주의는 아버지께 혐오스러운 것이 되었고, 유대 문헌들도 읽을 가치가 없는 것이 되었습니다. 아버지께 '구역질'을 일으키는 것이 되고 말았지요. 이 사실에 함축된 의미는 아마 이렇게 볼 수도 있을 겁니다. 즉, 아버지께서 저의 어린 시절에 보여주셨던 유대주의만이 옳고, 그밖의 다른 것은 없다는 아버지의 주장이 그런 식으로 표현되었다고요. 하지만 아버지께서 그런 주장을 하신다는 것은 거의 생각할 수 없는 일이잖아요. 그렇다면 아버지의 '혐오감'이 알려주는 것은 (그 혐오감이 유대주의 자체보다 저라는 인간을 향한 것이라는 점은 제쳐두고) 아버지께서 부지불식간에 자신의 유대주의 및 저에 대한 유대주의 교육의 약점을 인정하셨다는 사실뿐입니다. 되도록 그 생각을 떨쳐버리려고 하시면서, 그 생각이 날 때마다 공공연한 증오로 대응하셨다는 말입니다. 아무튼 저의 새로운 유대주의에 대한 아버지의 부정적인 평가는 몹시 지나친 것이었습니다. 그 유대주의는 아버지의 저주를 받았어요. 주변 사람들과의 기본적인 관계는 원래 그 유대주의의 진전에 결정적 요건인데, 제 경우에는 치명적 요건이었습니다.

그에 비하면 저의 글쓰기, 또 글쓰기와 관련된 ─ 아버지께서 모르시는—것들에 대한 아버지의 거부감은 한결 정당한 것이었습니다. 글을 쓸 때는 제가 실제로 한 걸음 자립하여 아버지를 벗어날 수 있었기 때문입니다. 비록 그 도피에서는, 뒤쫓아 온 발에 밟혀 일부가 떨어져 나간 몸뚱이를 옆으로 질질 끌고 가는 벌레가 연상되었을지라도 말입니다. 어느 정도는 안전했습니다. 숨을 들이쉴 수도 있었지요. 아버지는 저의 글쓰기에 대해서도 당연히 즉각적인 거부감을 보이셨지만, 그 거부감조차 예외적으로 반가웠습니다. 매번 제 책을 맞이하시는 아버지의 환영사는 (책이 도착할 때 아버지께서는 대개 카드놀이를 하고 계셨지요) "침대 옆 탁자 위에 갖다놓아라!"였습니다.[56] 우리에게는 익숙한 말이지요. 그 말씀으로 인해 제 허영심과 명예욕이 상처를 입긴 했지만, 그래도 기본적으로 마음이 편했습니다. 일차적으로는 반항적인 심사 때문이었습니다. 다음으로 우리의 관계에 대한 제 견해가 역시 옳다는 것을 재확인함으로써 얻어지는 즐거움 때문이었습니다. 그러나 무엇보다 중요한 이유는 아버지의 그 말씀이 "이제 넌 자유다!"란 소리로 들렸기 때문이었습니다. 물론 그건 착각이었습니다. 저는 자유롭지 못했습니다. 상황

---

56 1919년 5월 《유형지에서》가 출판되어 카프카가 책 한 권을 건넸을 때도, 아버지는 카드놀이 중에 방해가 된다며 화를 냈다고 한다.

이 여러모로 가장 양호했을 때조차 자유로웠던 적은 없었습니다.

제 글쓰기의 주제는 아버지십니다. 아버지의 가슴에 기대어 푸념하지 못하는 것들만 글에서 털어놓았을 뿐입니다. 글쓰기는 아버지와의 작별을 의도적으로 지연하기 위한 방책이었습니다. 이 작별은 아버지에 의해 강요된 것이지만, 제가 정한 방침에 따라 진행되었던 것입니다. 하지만 그렇게 글로 쓴 모든 것이 얼마나 불충분한 것이었는지요! 그것은 오직 제 삶에서 일어난 일이었기에 이야기할 가치가 있었습니다. 그렇지 않았다면, 아예 있는지 없는지 알아차리지도 못할 일이었을 겁니다. 그것이 쓸 가치가 있었던 이유는 오직 그것이 제 어린 시절에 예감으로서, 그 후에는 희망으로서, 또 그 후에는 절망으로서 저의 삶을 지배했기 때문입니다. 그러면서 저의 몇 가지 작은 결정들을—이를테면 다시금 아버지의 모습으로—지시했기 때문입니다.

그런 지시의 한 가지 예로는 직업 선택의 문제를 들 수 있습니다. 확실히 아버지는 관대하게, 그리고 이 문제에서만큼은 참을성 있게 저에게 완전한 자유를 허용하셨습니다. 물론 이때도 아버지는 스스로 기준으로 삼으신 중산층 유대인 가정의 아들에 대한 표준적이고 일반적인 태도에 따라, 또는

Liebster Vater,

Du hast mich letzthin einmal gefragt, warum ich behaupte, ich hätte Furcht vor Dir. Ich wußte Dir, wie gewöhnlich, nichts zu antworten, zum Teil eben aus der Furcht, die ich vor Dir habe, zum Teil deshalb, weil zur Begründung dieser Furcht zu viele Einzelheiten gehören, als daß ich sie im Reden halbwegs zusammenhalten könnte. Und wenn ich hier versuche, Dir schriftlich zu antworten, so wird es doch nur sehr unvollständig sein, weil auch im Schreiben die Furcht und ihre Folgen mich Dir gegenüber behindern und weil die Größe des Stoffs über mein Gedächtnis und meinen Verstand weit hinausgeht.

Dir hat sich die Sache immer sehr einfach dargestellt, wenigstens soweit Du vor mir und, ohne Auswahl, vor vielen andern davon gesprochen hast. Es schien Dir etwa so zu sein: Du hast

《아버지께 드리는 편지》 원고

최소한 그 계층의 가치관에 따라 행동하셨습니다.[57] 그와 동시에 저의 됨됨이에 대한 아버지의 여러 오해 중 한 가지가 이 문제의 결정에 함께 영향을 미쳤습니다.

말하자면 아버지는 옛날부터 저를 대단히 부지런하다고 생각하셨습니다. 그런 오해는 자식을 둔 아버지로서의 자부심 때문이었고, 저라는 존재의 실상에 대한 무지 때문이었으며, 제 허약한 신체의 원인에 대한 그릇된 추론 때문이었습니다. 제가 어린아이였을 때는 끊임없이 공부하고, 자라서는 끊임없이 글을 썼다고 생각하셨죠. 하지만 전혀 그렇지 않답니다. 제가 배웠다고 내세울 만한 것은 별로 없습니다. 더욱이 제대로 습득했다고 할 만한 것은 전혀 없다고 해도 그리 지나친 말이 아닙니다. 기억력은 중간은 가고 이해력도 최악은 아니니, 수년을 보내며 머릿속에 남은 게 있는 것도 의아할 일은 아니죠. 외견상 조용하고 걱정이 없는 삶의 복판에서 저는 시간과 돈을 소비했습니다. 이 점을 고려한다면, 지식의 획득, 특히 지식 기반의 구축에 있어서 제가 거둔 최종 성과는 말할 수 없이 가련할 정도입니다. 제가 알고 있는 거의 모든 사람의 경우와 비교해보아도 변명의 여지가 없습니

---

57 세기 전환기의 열악해진 경제 상황과 유대 상인들에 대한 반유대주의적 비방으로 인해, 많은 유대 상인 가정에서는 유대인이기 때문에 현실적으로 공무원이 될 수 없었던 자식들에게 순수 학문을 권유하기도 했다고 한다.

다. 비참하죠. 하지만 저 자신은 이해할 수 있습니다. 생각이
란 걸 할 수 있게 된 이래, 저는 정신적인 실존을 유지하는 일
로 한없이 깊은 수심에 잠겨 지냈고, 그 외의 모든 것에는 무
관심했으니까요.

　우리 김나지움에 다니던 유대인 학생들은 약간 진기한 데
가 있었고, 어떻게 그럴 수 있는지 전혀 이해할 수 없는 사람
도 있었습니다. 그렇지만 저의 무관심만 한 무관심은 다른
누구에게서도 찾아볼 수 없었습니다. 저는 남들이 정나미가
떨어진다 할 정도로 공상에만 빠져 있었습니다. 그런 저의 무
관심은 냉랭하고 노골적이고 요지부동이었습니다. 어린이처
럼 순진해서 어찌할 도리가 없고, 지독히 자족적이었습니다.
물론 저에게는 그 무관심이 불안과 죄책감으로 인한 신경쇠
약을 방지해주는 유일한 보호막이기도 했죠. 제 마음을 차지
하고 있던 것은 오직 하나, 저 자신에 대한 근심뿐이었습니다.
그런데 그 근심은 그야말로 각양각색이었습니다. 건강까지
걱정했답니다. 시작은 가벼웠습니다. 소화는 잘될까, 머리카
락은 빠지지 않을까, 척추는 휘지 않을까 등등 쓸데없는 걱정
거리들이 꾸준히 생겨났지요. 그런 걱정들은 증세의 경중을
구분하는 수없이 많은 등급을 서서히 거치면서 심화되었습니
다. 급기야 실제로 병에 걸리고 말았죠.[58]

　제가 아무 확신도 얻지 못했기에, 매 순간 제 실존을 새로

이 입증할 필요가 있었기에, 오직 저만이 명료하게 결정권을 갖는 저 한 사람만의 확고한 소유물은 아무것도 없었기에, 제가 실로 상속권을 박탈당한 아들이었기에, 당연히 저는 저와 가장 가까운 제 몸뚱이조차 믿음직스럽지 않았습니다. 키는 기다랗게 자랐지만, 어디에도 쓸모가 없었습니다. 몸만 너무 무거워서 등이 구부정해졌습니다. 과감하게 운동이나 체조를 해보지 않아 언제나 허약했고요. 제 능력으로 아직 할 수 있는 일을 하면서도, 불가능한 일을 해내는 양 놀라웠습니다. 예를 들어 소화가 잘된다는 것조차 놀라웠습니다. 그로 인해 원활한 소화 기능을 상실할 정도로 말입니다. 그럼으로써 결국 온갖 우울 증세로 통하는 길이 트였습니다. 그리고 드디어 결혼을 하려는 초인적인 긴장과 노고 속에 (이에 대한 말씀은 나중에 드리겠습니다만) 폐에 공급될 피가 모자라게 되었던 것입니다. 이런 신세가 되기까지는 쉰보른 궁의 셋방도―이 집은 오직 제 글쓰기에 필요하다고 생각해서 얻은 것이므로, 글쓰기 자체도 셋방과 함께 발병의 원인이 되지요―충분히 한몫했다고 할 수 있죠.[59]

그러므로 그 모든 것은 아버지께서 늘 생각하신 것처럼,

---

58 이 편지를 쓰기 2년 전에 발병한 폐결핵을 말한다.
59 이 셋집에서 카프카는 1917년 3월부터 8월까지 살았고, 이때 처음 각혈을 했다. 이 셋집은 춥고 습하고 환기가 잘되지 않았다고 한다.

일의 과중함에서 비롯된 게 아닙니다. 몇 해 동안 저는 건강이 양호한 몸으로 안락의자에 앉아 빈둥거리면서 많은 시간을 소모했습니다. 아버지가 와병 중이시던 기간들까지 포함하여 평생 동안 의자에 앉아 계신 시간보다 더 많은 시간이었죠. 또 저는 시급한 일이 산더미처럼 쌓여 있다는 듯이 아버지 곁을 서둘러 떠나곤 했으나, 대개 제 방으로 가서 잠을 자기 위해서였습니다. 집과 사무실에서 제가 해낸 일의 양은 (물론 사무실에서는 눈에 띄게 게으름을 부리지 않았고, 여러 가지 신경 쓸 일 때문에 지나치게 태만하지는 않았는데) 몽땅 합해도 적은 편입니다. 아버지께서 그 점을 따져보신다면, 놀라시지 않을 수 없을 겁니다.[60]

그렇지만 저는 결코 게으른 성향을 타고났다고 생각하지 않습니다. 사실은 제가 할 만한 일이 전혀 없었던 것이죠. 제가 살던 바로 그곳에서, 저는 거부되고 혹평받고 격퇴되었으니까요. 또한 어디론가 달아나기 위해 무척 애써보기도 했지만, 그것을 일이라고 할 수는 없었습니다. 왜냐하면 그것은, 몇 번의 하찮은 성과를 예외로 한다면, 제 힘으로 이루어낼

---

60 1910년 12월 카프카는 막스 브로트에게 보내는 한 서신에 이렇게 썼다. "나는 (…) 내 부모님과 거의 한 번도 다투어본 적이 없네. 다만 아버지께서 저녁 늦게 내가 책상 앞에 앉아 있는 것을 보시면, 너무 열심히 일한다고 생각하시곤 화를 내시지."

카프카의 유고를 정리·출간한 친구 막스 브로트

카프카가 살았던 쇤보른 궁(1917년)

수 없는 불가능한 목표였기 때문입니다.

  직업 선택의 자유는 바로 이와 같은 상황에서 저에게 허
용되었습니다. 그럼에도 아직 제가 그 자유를 실제로 활용할
수 있었을까요? 제가 어떤 현실적인 직업을 가질 수 있다고
생각할 만큼, 저 자신을 신뢰할 수 있었을까요?

  저에 대한 저 자신의 평가는 제가 집 밖에서 거둔 성과나
다른 무엇보다도 아버지에 의해 훨씬 더 크게 좌우되었습니
다. 그런 성과는 오직 잠시만 저 자신에 대한 긍정적 평가를
강화해주었을 뿐, 그때가 지나면 곧 무의미해졌습니다. 그런
데 반대편에서는 아버지의 무게가 지속적으로 훨씬 더 강력
하게 그 평가를 아래로 끌어내렸습니다. 저는 초등학교 1학
년을 제대로 마치지 못할 것이라고 예상했지만, 마칠 수 있
었습니다. 우등상까지 받았죠. 김나지움 입학시험에는 틀림
없이 떨어지려니 했지만, 또 붙었습니다. 그래도 김나지움
2학년 진급을 앞두고서는 드디어 낙제하겠지 했는데, 아니
었어요. 이번에도 낙제하지 않았습니다. 그 뒤로도 끊임없이
합격하고 또 합격했습니다.[61] 그렇다고 해서 자신감이 생긴

---

61 카프카는 김나지움 8년간 모든 교과목에서 늘 평균 이상의 성적을 올리면서 종
  종 우등상도 받았다. 특히 인문 과목들에서 아주 우수했고, 교사들로부터도 인
  정을 받는 학생이었다고 한다.

것은 아니었어요. 오히려 저는 성공을 거듭할수록 마지막에는 그만큼 더 참담한 결말을 맞게 되리라고—마땅찮아하시는 아버지의 표정이야말로 공식적으로 그 증거가 아니겠느냐고—늘 확신했습니다.

종종 저는 등골이 서늘해지는 김나지움 교직원 회의 광경을 머릿속에 그려보기도 했습니다. (김나지움 시절은 가장 알맞은 예가 될 뿐, 다른 때에도 늘 비슷한 상상을 했습니다.) 제가 1학년 말 시험을 통과했을 때엔 2학년 재학 중에 소집될 회의를, 2학년 말 시험을 통과했을 때엔 다시 3학년 재학 중에 소집될 회의를, 이렇게 매 학년을 마칠 때마다 조만간 소집될 회의를 상상했던 것입니다. 그 회의란 하늘 아래 둘도 없는, 하늘이 곡할 노릇인 일의 진상 조사를 목적으로 소집되는 회의였습니다. 바로 저처럼 가장 무능하고 아는 것이라곤 쥐뿔도 없는 학생이 도대체 어떻게 지금까지 살금살금 진급할 수 있었는지, 그 경위 문제였죠. 회의에 참석한 교수들은 역겨운 침을 뱉어버리듯, 만인의 이목이 집중되어 있는 이 순간에 나를 내쫓아버리자는 지당한 결정을 즉시 내릴 거야. 이런 악몽 같은 상황에서 해방된 모든 정의로운 학생들의 환호성이 뒤이어 울려 퍼지겠지—이런 상상을 하며 살아간다는 것이 어린아이에게는 쉽지 않았습니다.

이런 지경이었으니 학교 수업이 저와 무슨 상관이었겠습

니까? 저에게 섬광과도 같은 관심을 불러일으킬 수 있는 사람이 단 한 명이라도 있었겠습니까? 가정해보세요. 금융 사기 행각이 탄로 날까 봐 불안에 떨고 있는 현직 은행원이 아직 직무상 처리해야 할 시시한 은행 업무를 붙들고 있다고 말입니다. 학교 수업뿐만 아니라 그 결정적인 시점에 저를 둘러싸고 있는 모든 것에 대한 제 관심은 바로 그 행원의 업무에 대한 관심과 같았습니다. 중대사 하나를 제외한 다른 모든 것이 그처럼 하찮고 그처럼 까마득했던 것입니다. 그러다가 김나지움 졸업 시험이 닥쳐왔습니다. 이때엔 실제로 약간 잔재주까지 부린 덕에 통과했습니다. 그것으로 끝이었죠. 이제 자유로웠습니다. 비로소 홀가분하게 저 자신만의 문제에 몰입할 수 있었다는 점이야 더 말해 무엇하겠습니까. 김나지움 시절의 강제적 상황에서조차 저의 관심사는 이미 저 자신뿐이었는걸요.

요컨대 직업 선택의 진정한 자유란 애당초 저에게 없었습니다. 저는 알고 있었습니다. 한 가지 관심사를 제외한 다른 모든 것은 김나지움 교과목들과 마찬가지로 저와 전혀 무관하게 되리라는 것을 말이죠. 따라서 제 허영심을 송두리째 손상하지 않고, 제 무관심을 가장 신속하게 허용해주는 직업이 무엇이냐가 중요했습니다. 법학은 그러므로 지당한 선택이었습니다. 이와 대비되는 단기간의 시도들은 허사였어요. 즉, 14일간의 화학 공부나 6개월간의 독문학 공부는 허영심이나 무의미한 희망에 따른 선택이었고, 처음의 기본적인 확신을 강화해줄 뿐이었습니다.[62] 그래서 결국 법을 공부했던 것입니다. 이는 제가 신경 가닥들을 팽팽하게 당겨두고 몇 차례의 시험을 치르던 수개월간, 수천 명의 주둥이가 미리 적당하게 씹어서 공급해주는 톱밥이 저의 지적인 정규 식량이었다는 것을 의미합니다. 어떤 의미로 법학 공부의 맛은 이전 김나지움 학업이나 이후 관리로서의 직장 생활에서 느껴지는 맛과 마찬가지로 저에게 맞았다고 할 수 있습니다. 세 가지 다 제 처지와 완벽하게 맞아떨어졌으니까요. 어쨌든 이 점에서 저는 실로 경탄할 만한 예견 능력을 입증했습니다. 어려서부터 학업과 직장 일에 관해서라면 탁월한 선견지명을 가지고 있었던 것이지요. 저는 여기서 구원 같은 것을 바라지 않았습니다. 말하자면 이미 오래전에 체념해버렸던 것입니다.

그러나 결혼의 의미와 가능성에 대해서는 아무 예측도 할

---

62 유대인들은 변호사나 의사를 직업으로 선호했지만, 이를 마다한 카프카에게 화학은 선택 가능한 극소수 과목 중 하나였다. 처음 6개월 동안의 법학 강의에 진력이 나자 독문학을 수강했지만, 담당 교수의 국수주의적이고 실증적인 성향에 실망하여 그만두고 말았다. 독문학 연구를 위한 뮌헨 유학의 꿈은 실현되지 못했다.

수 없었습니다. 그때까지 제가 겪어본 것 가운데 가장 거대한 전율이었던 결혼은 거의 전혀 기대하지 못했던 방식으로 저에게 닥쳐왔습니다. 어린아이는 그토록 굼뜨게 성장했던 것입니다. 그런 문제들은 아직 바깥의 멀리 떨어진 곳에 자리 잡고 있었죠. 그러나 차차 가끔은 불가피하게 그곳을 생각하게 되었습니다. 그럼에도 지속적이고 결정적이며 심지어 가장 견디기 힘든 시험이 그곳에서 만반의 준비를 갖추고 기다리고 있을 줄은 전혀 몰랐습니다. 결혼의 시도는 사실 구원을 향한 가장 대담하고 희망적인 시도였습니다. 물론 그로 인한 좌절도 그에 못지않게 심대했지요.

이 문제에 있어서 저의 온갖 노력은 깡그리 수포로 돌아갔습니다. 따라서 저는 결혼을 향한 제 시도에 관해, 아버지께서 납득하시게 만드는 일에 성공하지 못할까 봐 두렵습니다. 그럼에도 이 편지의 모든 내용에 걸고 있는 제 희망의 달성 여부는 오직 여기에 달려 있습니다. 결혼의 시도들에 저의 모든 긍정적인 힘들이 결집되어 있는 동시에 제가 아버지의 교육과 저 자신의 합작품이라고 말씀드린 모든 부정적인 힘들까지 결집해 있기 때문입니다. 말하자면 신체적 허약성, 자신감의 결핍, 그리고 죄의식과 같은 부정적인 힘들이 맹렬하게 등장하여 결혼과 저의 사이를 차단하고, 삼엄한 감시망을 구축해둔 것입니다. 그런데 이제 저는 이 문제를 떠올리기만 해도 머리가 혼란스러워집니다. 그 모든 점을 밤낮없이 오랫동안 두루 살피고 샅샅이 파헤친 탓이죠. 그래서 아버지께 설명해드리는 일이 더욱 힘에 부칠 듯싶습니다. 다만 아버지께서 이 문제를 완전히 오해하고 계신다는 점이 제 부담감을 덜어줍니다. 그처럼 철저한 오해를 약간이나마 풀어드리는 일은 제가 어느 정도 감당할 수도 있을 것 같으니까요.

먼저 아버지는 이루어지지 않은 제 결혼이 제가 실패한 다른 일들과 다를 바 없다고 생각하십니다. 그 판단에 대해서는 아무 이의도 제기하지 않겠습니다. 단, 제 실패의 원인에 관한 지금까지의 설명에 아버지가 수긍해주신다면 말입니다. 실제로 그 일은 저의 다른 실패들과 같은 범주에 속합니다. 그러나 아버지는 그 일의 의미를 과소평가하십니다. 얼마나 심한가 하면, 우리가 함께 그 일로 말을 나눌 때, 실로 각자 전혀 다른 이야기를 하고 있을 정도입니다.

감히 말씀드리자면, 결혼의 시도가 저의 삶에서 지니는 만큼의 의미를 지닌 일을 아버지는 평생 동안 결코 겪어보지 못하셨습니다. 그만큼 중대한 일이 아버지께 한 번도 없었다는 뜻은 아니에요. 오히려 그 반대입니다. 아버지의 인생은 저의 인생보다 훨씬 더 풍성하고, 근심 걱정도 많고, 치열했습니다. 하지만 바로 그 때문에 그런 식의 일은 전혀 일어나지 않았다는 말입니다.

이 점에 대해선 이렇게 비유할 수 있습니다. 한 사람은 각 단의 높이가 낮은 다섯 단의 계단을 올라가야 합니다. 다른 한 사람은 겨우 한 단에 불과하지만, 적어도 자기에게는 앞서의 다섯 계단을 다 합한 것만큼 높은 계단을 올라가야 합니다. 전자는 다섯 계단뿐만 아니라 그 후로도 수백수천 계단을 능히 오를 것입니다. 그는 무척 힘겹지만 위대한 삶을 영위하다가 마감하겠죠. 하지만 그가 오른 계단의 그 어떤 한 단도 후자에게 최초의 높은 한 단이 갖는 의미를 지닐 수는 없습니다. 온 힘을 다해도 부족해서 디디고 올라서지 못한 한 계단, 그 계단을 넘어야 다다를 수 있는 곳에는 물론 가까이 가보지도 못한 사람의 첫 계단, 그 계단의 의미는 지닐 수 없다는 말입니다.

결혼한다는 것, 한 가정을 이룬다는 것, 태어나는 모든 아이를 거두어 위태로운 이 세상에서 보호하고 또 약간이나마 이끌어주기도 한다는 것, 이는 한 인간이 달성할 수 있는 최고의 성취라는 것이 제 확신입니다. 외견상 수많은 사람이 쉽사리 이 성취에 이른다는 것은 반증이 되지 못합니다. 첫째, 실제로 그러한 성취에 이르는 사람들은 많지 않기 때문입니다. 둘째, 이 성취는 대부분의 사람들이 '이루는' 게 아니고, 그들과 함께 '일어날' 뿐이기 때문입니다. 그러나 그들의 성취가 비록 최고의 성취는 아니더라도, 대단히 위대하고 아주 명예로운 일이겠죠. (무엇보다도 '이룬다'는 것과 '일어난다'는 것은 엄밀하게 구분되지 않으니까요.) 그리고 결정적으로 중요한 것은 최고의 성취에 이르는 것이 아니라 오직 멀리서부터 가까워진다는 것, 특히 단정하고 예의 바르게 다가간다는 것 자체입니다. 반드시 태양의 한복판으로 날아가야만 하는 것은 아닙니다. 그러나 이따금 햇살이 비쳐 들어 조금이나마 몸을 덥혀주는 지상의 협소하지만 깨끗한 장소, 그곳까지 더딘 발걸음을 옮겨 가는 것만은 필요합니다.

이를 위한 저의 준비 상태는 어땠을까요? 그 이상 나쁠 수가 없었습니다. 지금까지 말씀드린 것만으로도 명백합니다. 저 개인이 결혼을 위해 직접 준비해둔 것이 있고, 결혼의 일반적인 기본 요건들도 직접적으로 마련되어 있으니 표면상 아버지는 깊이 개입하지 않으셨습니다. 그럴 수밖에 없었죠. 이 문제에서는 일반적인 이성 관계에 관한 제반 관습, 즉 신분과 민족과 시대에 따른 관습이 결정적인 것이었으니까요. 물론 이 점에서도 아버지는 늘 개입하셨지만, 심하지는 않았습니다. 그 정도의 개입은 확고한 상호 신뢰를 전제할 때 가능하지만, 우리에게는 그 신뢰가 이미 오래전 결정적인 시기에 사라졌기 때문입니다. 또한 각자의 욕구가 실로 판이했으므로 우리는 행복하지 못했습니다. 제 마음을 사로잡는 것은 아버지의 관심을 끌지 못합니다. 반대로 아버지께 감동적인 것이 저에게는 따분하죠. 아버지께 잘못으로 여겨지는 것이 저에게는 그렇지 않을 수도 있으며, 그 반대일 때도 있습니다. 심지어 아버지께는 아무렇지도 않은 일이 저에게는 관 뚜껑처럼 느껴지기도 합니다.

저는 부모님과 함께 산책길에 나선 어느 날 저녁의 일을 기억하고 있습니다. 지금의 주립은행 부근 요제프 광장이었죠. 저는 뭔가 흥미로운 일을 이야기하기 시작했습니다. 우월감으로 바보처럼 자랑스럽게 뻐기면서, 초연하고(그런 체했죠) 냉담하게(그건 진심이었고요), 그리고 아버지 앞에서 늘 그랬듯이 더듬거리며 말했습니다. 부모님이 저에게 아무것도 가르쳐주시지 않았기에, 급우들 덕분으로 겨우 알게 되었다고요. 하마터면 큰 위험에 처할 뻔했다면서 부모님을 힐난했습니다.[63] (사실은 제 의연함을 과시하려고 멋대로 뻔뻔스럽게 지어낸 이야기였죠. 그 '큰 위험'이란 것이 구체적으

---

63 사창가의 매춘에 관한 이야기였다고 한다.

로 정확히 무엇인지를 저처럼 겁 많은 녀석이 어떻게 알았겠습니까.) 그러고는 결론적으로 덧붙였습니다. 다행히도 지금은 이미 모든 것을 알고 있다고요. 이제부터는 어떤 도움 말씀도 필요 없으니, 전혀 걱정하지 마시라는 뜻을 은연중에 나타냈습니다. 제가 그런 말씀을 드린 이유는, 최소한 그런 것에 관해 이야기해볼 수 있다는 것 자체가 즐거웠기 때문입니다. 호기심 탓이기도 했고요. 그리고 무슨 구실로든 또 어떤 방식으로든 저도 한번 거꾸로 부모님을 책망해보고 싶다는 심사 때문이기도 했습니다.

그런데 아버지께는 그것이 간단한 문제였습니다. 평소의 아버지답게 곧장 말씀하셨죠. 어떻게 제가 위험 없이 용무를 볼 수 있는지 알려줄 수도 있다는 식으로 말씀하셨어요. 어쩌면 저는 내심 바로 그런 대답을 끌어내보려고 했는지도 모르겠습니다. 고기와 온갖 좋은 음식을 포식하면서, 몸을 움직여 하는 일도 없이 자기 생각 속에만 한없이 묻혀 있던 아들 녀석의 호색적인 관심에 딱 어울리는 대답이니까요. 하지만 그 대답으로 인해 수줍은 척하던 제 위신은—저만의 생각이었는지도 모르지만—깊은 상처를 입고 말았습니다. 적어도 저는 그렇게 확신했어요. 그래서 제 본심과는 달리 더 이상 그에 관한 대화를 계속할 수 없었고, 건방지고도 불손하게 입을 다물어버렸습니다.

당시 아버지의 대답에 대해 판단을 내리기는 쉽지 않은 일입니다. 한편으로는 위압적이라고 할 만큼 노골적이면서 좀 구세대적인 면이 있었습니다. 다른 한편으로는 물론 가르침의 내용 자체가 그렇듯 거리낌 없이 신세대적이었고요. 그때 제 나이는 잘 기억나지 않습니다만, 분명 많아봐야 열여섯 남짓이었습니다. 그 또래의 소년에게 그런 말씀은 분명 이상한 대답이었죠. 더구나 그것이야말로 저에게는 현실의 삶에 관해 아버지가 직접 전하신 첫 가르침이었습니다. 그러므로 우리가 그때까지 서로 얼마나 소원했었는지 알 수 있지요.

　　그 가르침은 이미 당시에 마음속으로 스며들었으나 그 참된 의미는 훨씬 나중에야, 그것도 겨우 절반쯤 깨달을 수 있었습니다. 요컨대 아버지는 자신이 말한 그 행위가 세상에서 가장 불결하다고 생각하셨던 것입니다. 물론 당시 제 생각도 그랬지만요. 아버지의 의도는 제가 조금이나마 그런 불결함에 물든 몸으로 집에 돌아오지 않게 하려는 것이었습니다만, 그것도 부차적이었습니다. 그럼으로써 아버지는 단지 아버지 자신과 아버지의 집만을 보호하고 지켜내신 것이죠. 거기에 함축된 요지는 아버지가 자신이 충고한 영역의 외부에만 머무르셨다는 것이었습니다. 즉, 한 명의 유부남, 하나의 순수한 남자로서 그따위 것을 초월한 고귀한 분이라는 사실이었습니다.

이 점은 저에게 점점 더 예민한 문제가 되었던 것 같습니다. 저에게는 부부의 결혼 생활마저 부도덕하고 음탕한 일로 여겨졌기 때문입니다. 말하자면 부부 생활에 관해 제가 얻어들은 일반적인 이야기가 내 부모님께도 해당된다고는 도저히 생각할 수 없었기 때문이었죠. 그래서 저에게는 아버지가 한층 더 순수한 분으로 보였고, 더 고귀한 분으로 여겨졌습니다. 예컨대 아버지가 결혼 전에 자신의 충고와 비슷한 행동을 했을지도 모른다는 생각은 꿈속에서조차 해본 일이 없었습니다. 아버지는 속세의 더러움을 티끌만큼도 찾아볼 수 없는 분이셨지요. 그런데 그런 아버지께서 몇 마디 노골적인 말씀으로 저를, 마치 예정되어 있던 일처럼, 그 더러운 곳으로 추락시켰던 겁니다. 저에게는 자주 한 가지 생각이 떠올랐습니다. 저와 아버지로 이루어진 세계에서 지상의 순결함은 아버지를 마지막으로 종식되었고, 아버지의 조언에 의거해서 저와 함께 불결함이 시작되었다는 생각이었죠.

아버지께서 저에게 왜 그런 유죄 판결을 내리셨는지는 도대체 알 수 없는 일이었습니다. 이유라고 할 만한 것은 오직 저의 해묵은 잘못과 저에 대한 아버지의 철저한 경멸뿐이었습니다. 어쨌든 이로써 저는 다시 저의 가장 깊숙한 내면세계에 파묻히게 되었습니다. 더구나 무척 삼엄한 감금 상태로 말입니다.

우리 두 사람 다 잘못이 없다는 사실도 이쯤에서 아주 확실해질 것입니다. 갑이 을에게 조언을 해준다고 생각해보세요. 그 조언은 자신의 인생관에 따라 기탄없이 들려준 것입니다. 또한 아주 아름답지는 않지만, 요즘 도시에서 널리 주고받는 조언입니다. 게다가 건강을 해치는 일도 방지해줄 수 있는 조언이고요. 물론 을의 도덕성을 매우 강화해줄 만한 조언은 아닙니다. 하지만 그가 장차 그 해악을 절대로 벗어나지 못할 무슨 이유가 있는 것도 아닙니다. 그 충고에 따르고 말고는 그의 자유입니다. 그리고 어쨌든 그 조언 자체에 을의 미래를 완전히 파탄에 이르게 할 계기가 도사리고 있는 것도 아니고요. 그럼에도 그런 일이 일어나고야 맙니다. 이것은 오직 갑이 아버지고 을이 저라는 단 한 가지 이유에서 비롯되는 일입니다.

두 사람 다 잘못이 없다는 사실이 저에게 특히 선명해진 것은 대략 20년의 세월이 흐른 뒤였습니다. 전혀 다른 상황에서 우리가 과거와 비슷한 충돌을 다시 경험한 것이 계기가 되었죠. 그것은 물론 끔찍한 일이었습니다. 그러나 어느 모로 보아도 상처는 예전보다 많이 가벼웠습니다. 서른여섯 나이의 저에게 아직도 상처 입을 만한 부위가 어디에 남아 있었겠습니까. 아무튼 지금 말씀드리려는 것은, 최근에 제가 결혼하겠다는 뜻을 밝힌 후 며칠 동안 떠들썩했을 때의 일입니다. 그때 아버지는 간략하게 대략 이런 말씀을 하셨습니다.

"아마 그 여자는 블라우스 한 벌도 고르고 골라서 입었겠지. 프라하의 유대인 여자들은 그런 일에 능숙하거든. 너는 당연히 그런 이유로 인해 그 여자랑 결혼하겠다고 마음먹었던 거야. 더구나 최대한 빨리, 일주일 내로, 아니 내일, 아니 당장 오늘이라도 하겠답시고 서두르고 있지. 난 널 이해할 수가 없구나. 넌 다 자란 어른 아니냐. 도시 사람이고. 그런데 아무하고나 당장 결혼하는 것 말고는 다른 방법을 그다지도 모르고 있구나. 다른 해결책들도 얼마든지 있지 않니? 혹시 그런 데가 무서워서 못 가겠다면, 나라도 직접 함께 가주마."[64]

아버지의 말씀은 더 상세하고 분명했지만, 세부적인 것들까지 다 기억나지는 않습니다. 또 눈앞에 약간 안개가 서렸던 것 같기도 합니다. 아버지의 뜻에 전적으로 동조하시던 어머니는 마침내 뭔가를 탁자에서 집어 들고 방에서 나가버리셨죠. 차라리 그 모습이 더 제 눈길을 끌었습니다.

아버지께서 그보다 더 저를 멸시하는 말씀을 하신 적은 없었던 것 같습니다. 저에 대한 경멸을 그보다 더 분명하게 표

---

64 카프카가 율리 보리체크와의 결혼 의사를 밝힌 데 대한 아버지의 응답으로, 노출이 심한 옷차림과 사창가를 염두에 둔 말이다. 대표작 《성》에서도 "가슴 부위가 깊이 파인 노르스름한 빛깔의 블라우스"가 언급된다.

현하신 적도 결코 없었습니다. 20년 전 비슷한 말씀을 하셨을 때만 해도, 아버지의 눈빛에서 저에 대한 존중이 느껴지는 듯도 했습니다. 완곡한 표현을 쓰지 않고 그처럼 인생에 관해 솔직하게 조언해주어도 무방한 도시의 조숙한 소년으로 여기셨겠죠. 하지만 이제 그런 생각은 저에 대한 아버지의 경멸을 한층 깊어지게 할 뿐입니다. 그때 인생을 시작한 소년이 그 상태에 고착된 채 지내왔다고 보시지 않겠습니까. 경험이 풍부해지기는커녕 장장 20년이나 지났는데도 더욱 형편없는 녀석이 되었다고 말입니다.

한 처녀에 관한 저의 결정이 아버지께는 아무런 의미도 없는 것이었습니다. 아버지는 제 판단력을 (무의식중에) 늘 낮게 평가해오셨죠. 이번에도 제 판단의 가치를 파악하셨다고 (무의식중에) 생각하셨고요. 그러나 아버지는 제가 저 자신을 구원해보고자 여러모로 시도하고 있다는 사실을 전혀 알지 못하셨습니다. 그 때문에 제가 어떤 생각들을 거쳐 이 결혼을 결심하게 되었는지도 역시 전혀 모르실 수밖에 없었습니다. 결국 미루어 짐작해보셔야만 했고, 제 결심이 말할 수 없이 역겹고 극히 천박하고 가장 어처구니없는 짓이라고 추정하셨던 것입니다. 그 추측은 평소 아버지의 저에 대한 전반적인 판단에 부합하는 것이었습니다. 또 그런 말씀을 하시면서 아버지는 잠시도 머뭇거리지 않으셨습니다. 그로 인한

카프카와 펠리체 바우어(1917년 7월 초, 부다페스트),
바우어와 두 번째 약혼 후 찍은 사진

저의 치욕쯤은, 그 결혼으로 인해 아버지의 이름이 먹칠당하는 굴욕에 비해 아무것도 아니라고 생각하셨던 것입니다.

아버지도 저의 결혼 시도에 관해 얼마간 하실 말씀이 있으실 테지요. 물론 이미 하신 적도 있습니다. 저는 F와의 약혼을 두 번이나 취소했고 두 번 다 번복했습니다.[65] 팬스레 그녀와의 약혼식 때문에 부모님을 베를린까지 헛걸음하시게 만들었습니다. 그러니 저의 결심을 존중하시기도 어려울 것입니다. 모두 사실입니다. 하지만 어찌하여 그렇게 되었던가요?

약혼의 기본적인 의도는 두 번 다 전적으로 올바른 것이었습니다. 한 가정을 이루어 자립적인 존재가 된다는 것이었습니다. 아버지도 공감하시는 생각이었고요. 문제는 이것이 실제로는 결국 어린아이 장난처럼 된다는 겁니다. 한 아이가 다른 아이의 손을 잡고 심지어 잔뜩 힘을 주어 그 손을 붙들고서 소리치는 거죠. "야, 어서 가, 제발, 대체 왜 안 가는 거니?" 물론 우리의 경우는 문제가 좀 복잡해집니다. 아버지께서는 "제발 가!"라는 말을 오래전부터 진심으로 하셨으니까

---

65 F는 펠리체 바우어다. 실질적으로 카프카는 그녀와 세 번씩의 약혼과 파혼을 거듭했다.

요. 그런데 그 말씀과 동시에 아버지는 본성의 힘으로 저를 붙잡고 계십니다. 더 정확히 말하면 저를 억누르고 계시지요. 하지만 이 사실을 미처 알지 못하고 그 말씀을 하신단 말입니다.

두 처녀 다 우연히 선택했지만 썩 훌륭한 선택이었습니다. 어떻게 저처럼 불안하고 의심 많고 우유부단한 사람이 단 한 번의 자극으로, 가령 블라우스 한 벌에 넋을 잃고 결혼을 결심할 수 있겠습니까. 어떻게 그렇게 믿으실 수 있는지요. 아버지께서 얼마나 완벽하게 저를 오해하고 계시는지 다시 한번 생각하지 않을 수 없습니다. 첫 번째 결혼을 앞두고서는 수년간, 두 번째는 수개월간 저의 모든 사유 능력은 불철주야 그 결혼 계획에 관한 심사숙고에 사용되었습니다. 그러므로 두 번 다 결혼이 성사되기만 했다면, 오히려 이성적인 결혼이랄 수 있었을 것입니다.

두 처녀 중 누구도 저를 실망시키지 않았습니다. 제가 그 두 사람을 실망시켰을 뿐이지요. 지금도 그녀들에 대한 제 판단은 그녀들과 결혼하고자 했던 당시의 판단과 아주 조금도 다르지 않습니다.

제가 경솔했던 것도 아닙니다. 요컨대 두 번째로 결혼을 시도했을 때, 첫 번째 시도에서 얻은 경험을 경시하지 않았다는 말입니다. 두 번의 상황은 서로 전혀 달랐습니다. 첫 번째 시도야말로 그보다 훨씬 더 전망이 밝았던 두 번째 시도에 희망을 갖게 해주었습니다.[66] 그 세부적인 이야기는 여기에 쓰지 않겠습니다.

그렇다면 저는 왜 결혼하지 않았을까요? 온갖 크고 작은 장애물들이 있었던 것은 사실이지만, 그렇다 해도 그런 장애물을 감수하는 것이 곧 인생인데 말입니다. 그 이유는 안타깝게도 개별 사례들과 무관한 본질적 장애물이 있었기 때문입니다. 결혼을 위한 정신적 능력이 명백히 저에게 부족했다는 점이 바로 그것이죠. 그 증거는 결혼을 결심하는 순간부터 제가 잠을 자지 못하고, 밤낮으로 머릿속이 끓어오르고, 산다고 할 수 없을 정도로 엉망이 되어버리고, 절망해서 방황하고 다닌다는 것입니다. 이는 근심과 걱정 때문이 아닙니다. 비록 우울하고 지나치게 신중해서 융통성이 없는 저의 기질에 어울리게 숱한 근심을 안고 살아가긴 하지만, 그럼에

---

66 카프카는 부친이 첫 번째와 달리 두 번째 결혼을 반대한다는 사실도 두 번째 결혼의 타당성에 대한 확실한 증거라고 생각했다.

도 이 근심이 결정적이지는 않습니다. 근심은 시신을 갉아먹는 벌레들처럼 사후의 마무리를 담당할 뿐입니다. 저에게 결정적인 타격을 가한 것은 다른 것입니다. 바로 불안과 나약, 그리고 자기 비하의 총체적인 압박입니다.

이 점을 좀 더 자세히 설명해보겠습니다. 아버지와 저의 관계에는 외관상 상호 대립적으로 보이는 두 가지가 있습니다. 그런데 저의 결혼 시도는 그 두 가지를 다른 어느 경우보다 강력하게 충돌시킵니다.

결혼은 분명 가장 예리한 자기 해방과 독립성을 보증합니다. 저 역시 하나의 가정을 가질 수 있을 것 같기도 합니다. 제가 봤을 때, 사람들이 이룰 수 있는 최고의 성취, 또한 아버지께서 이루신 것 중에서도 최고의 성취를 말입니다. 그렇게 저는 아버지와 동등한 자격을 갖게 될 겁니다. 장기간에 걸쳐 끊임없이 새로운 모습으로 나타나는 모든 모욕과 전제 통치도 옛이야기에 불과하게 될 겁니다. 동화 같은 일이지요. 그리고 그 속에 이미 의심스러운 점이 들어 있습니다. 너무 거창하니까요. 그렇게까지 대단한 성취가 이루어질 리 없습니다.

이는 감금되어 있는 죄수의 처지와 같습니다. 일단 그는 탈옥하려는 의도를 갖고 있습니다. 어쩌면 탈옥이 가능할지도 모릅니다. 그런데 동시에 그는 감옥을 자신을 위한 환희의 성으로 개축하여 살아보려는 의도까지 갖고 있습니다. 만약 그가 탈옥하면 개축을 할 수 없으며, 개축을 하면 탈옥할 수 없겠죠.[67]

저는 유별나게 불행한 상황에 처해 있습니다. 그 상황 속에서 저는 아버지의 편입니다. 만약 이러한 상태에서 제가 자립적인 존재가 되고자 한다면, 되도록 아버지와 전적으로 무관한 무엇인가를 해야만 합니다. 결혼은 가장 위대한 일이고, 가장 명예로운 자립성을 제공해주긴 합니다. 하지만 동시에 결혼은 아버지와 가장 밀접한 연관을 맺고 있습니다. 그렇기에 이 상황을 벗어나고자 하는 것은 약간 미친 짓입니다. 따라서 거의 매번의 시도에 징벌이 내려집니다.

바로 그 밀접한 연관성이 저를 결혼으로 유인하기도 합니다. 저는 우리 사이에 상호 대등한 관계가 형성되는 상황을 상상해봅니다. 그 관계는 아버지께서 다른 어떤 관계보다도 가장 잘 이해하실 수 있을 것입니다. 이러한 상상은 무척이

---

67 카프카는 글을 쓰기가 힘들어졌을 때 자전적 탐구를 계획하기에 이르고, 이로써 자기 자신을 개조하고자 한 적이 있다. 이때 그는 이 개조를 "위태로운 집을 허물어 그 자재로 옆에 새집을 세우는 일"에 비유하고, "만약 힘에 부쳐 중단함으로써 위태롭지만 완벽한 집 대신 반쯤 허물어진 집과 반쯤 완성된 집이 남게 되면 그 두 집 사이에서 자기 무덤을 파게 될 것"이라고 밝혔다.

나 아름답습니다. 저는 자유롭고 아무런 잘못이 없고 떳떳한 아들, 그리고 아버지께 감사해하는 아들이 될 수 있을 테니까요. 아버지도 속이 상할 일이 없고, 전제적이지 않고 공감해주시고 저를 흐뭇하게 여기시는 아버지가 되실 수 있을 거예요. 그러나 이 상상이 실현되기 위해서는, 지금까지의 모든 일을 처음부터 일어나지 않은 일로 만들어야만 할 것입니다. 다시 말해서 아버지와 저, 즉 우리 자신이 삭제되어야만 한다는 말입니다.

우리의 현재 상황에서 결혼은 저에게 폐쇄되어 있습니다. 그것이 하필 아버지의 가장 고유한 영역에 자리 잡고 있기 때문입니다. 때때로 저는 활짝 펼쳐져 있는 세계 지도를 상상하곤 한답니다. 그 한복판을 가로질러 아버지께서 몸을 쭉 펴고 누워 계시죠. 저는 아버지의 몸이 닿지 않는 곳, 또 아버지의 힘이 미치지 못하는 영역만을 제 삶의 공간으로 눈여겨보고 있는 셈입니다. 그 영역은 제가 생각하는 아버지의 크기를 제외하면, 넓지도 않고 충분한 위안거리로 삼을 만하지도 않습니다. 특히 결혼은 그 영역에 포함되어 있지 않아요.

그러나 이 비유를 통해, 아버지가 자신의 삶을 본보기로 삼아 저를 가게에서 몰아내셨듯 결혼으로부터 몰아내셨다고

프라하에 있는 카프카 동상

주장하려는 것은 결코 아닙니다. 얼핏 보면 모든 면에서 그와 비슷한 말로 생각되지만, 오히려 이 비유는 그 반대의 사실을 증명합니다. 부모님의 결혼 생활은 여러모로 저에게 모범이 됩니다. 이를테면 성실성, 내조와 외조, 그리고 자녀의 수에 있어서 본받을 만하죠. 자식들이 자라서 점점 더 평화를 깨뜨리게 되었을 때에도, 부모님의 결혼 생활은 모범적인 상태 그대로 지속되었습니다. 결혼에 관한 저의 지고한 개념도 바로 그 본보기로부터 형성되었습니다. 결혼에 대한 제 갈망이 무기력해진 데에는 다른 이유들이 있었습니다. 그 이유들은 아버지가 자식들과 맺고 있는 관계에서 비롯되었습니다. 이 편지의 모든 내용은 바로 그 관계에 관한 것입니다.

결혼을 앞둔 사람이 불안해하는 까닭은 때때로, 자기 부모에게 저지른 잘못을 훗날 자기 자식으로부터 되갚음당하지 않을까 두려워하기 때문이라고 일컬어지기도 합니다. 하지만 이 설명은 저에게 그리 중요한 의미를 갖지는 못하는 것 같습니다. 제 죄의식은 원래 아버지로부터 발원한 것이고, 주로 그 독특성 때문에 큰 위력을 발휘하니까요. 말하자면 그 독특성이 저를 고통스럽게 하는 데 필수적입니다. 그러니 동일한 죄의식이 반복되리라고는 상상조차 되지 않습니다.
어쨌거나 저도 인정합니다. 저처럼 말이 없고, 둔감하고,

무미건조하고, 황폐해진 아들이라면 저 역시 견디지 못할 거예요. 달리 어찌해볼 도리가 없다면, 차라리 그런 아들을 피해 달아날 것이고 어쩌면 국외로 이주해버릴지도 모릅니다. 마치 제 결혼 때문에 처음으로 아버지께서 그렇게 하시려 했던 것처럼 말입니다. 제가 결혼에 무능한 것은 제가 조금이나마 이런 생각을 갖고 있기 때문인지도 모르겠습니다.

하지만 제가 결혼에 무능한 원인으로서는 저 자신에 관한 불안이 훨씬 더 중요합니다. 어떻게 말씀드리면 잘 이해하실까요. 이미 암시적으로 말씀드렸다시피, 저는 글쓰기나 이와 관련된 일을 하면서 미미하게나마 자립성의 획득과 도피를 시도했습니다. 그러나 그 성과는 무척 형편없었습니다. 지금은 그 시도조차 거의 지속할 수 없을 지경입니다. 많은 사실이 저에게 이 점을 확인시켜주고 있지요. 그럼에도 그 시도들을 지키려고 파수를 서는 것은 저의 의무입니다. 심지어 제 삶의 본질이라고 할 수도 있습니다. 제가 도저히 물리칠 수 없는 것만 아니라면 저는 어떤 위험도, 그리고 위험을 발생시킬 수 있는 어떤 가능성도 그 시도들 가까이 접근하지 못하도록 감시해야 합니다. 그런데 결혼이야말로 바로 그 잠재적인 위험인 것입니다.

물론 결혼이 가장 거대한 향상을 가능하게 할 수도 있겠죠.

카프카 묘지

그러나 저에게 우선 중요한 것은 그것이 잠재적인 위험이라는 사실입니다. 만약 그것이 틀림없이 위험이라면, 과연 제가 뭘 할 수 있겠습니까! 그것이 위험이라는 것을 입증할 수는 없겠죠. 하지만 어떤 경우에도 부정할 수는 없습니다. 이런 위기의식을 지니고 제가 어떻게 결혼 생활을 지속할 수 있겠습니까! 제가 이 문제에서 동요할 수는 있습니다. 그럼에도 최종 결론만은 확실합니다. 체념해야 하는 것입니다. 내 손안의 참새가 지붕 위의 비둘기보다 낫다는 비유는 이 상황에 별로 어울리지 않습니다. 지금 제 손안에는 아무것도 없고, 지붕 위에는 모든 것이 있으니까요. 그럼에도 저는—결정권은 사실 제가 아닌 투쟁 상황과 생활의 역경이 갖고 있지만—아무것도 없는 쪽을 선택해야 합니다. 이미 직업을 결정할 때도 저는 이와 비슷한 선택을 해야 했습니다.

그러나 결혼의 가장 중요한 장애물은 결코 송두리째 뽑아버릴 수 없는 저의 어떤 확신입니다. 저는 확신하고 있습니다. 가정을 유지하고 인도하려면, 지금까지 제가 아버지의 특성이라고 생각했던 모든 요소가 반드시 필요하다고요. 더구나 모든 것이 함께 필요합니다. 좋은 점과 함께 나쁜 점도요. 이 두 가지가 아버지께는 서로 구분할 수 없이 유기적으로 결합되어 있는데, 그 상태 그대로 필요하다는 말입니다.

즉, 강인함과 타인에 대한 경멸, 건강과 얼마간의 무절제, 천부적인 말솜씨와 부족한 설명, 자기 신뢰와 모든 타인에 대한 불만, 우월성과 전제적인 태도, 인간에 대한 이해와 대다수 타인에 대한 불신, 이 모든 것이 동시에 필요하지요. 다른 한편으로는 반대되는 단점이 없는 장점들, 이를테면 근면과 끈기, 적절하고도 신속한 대처 능력, 그리고 담대한 침착성 등도 필요합니다. 그러나 아버지에 비하면 저는 그 모든 특성 중에서 거의 아무것도 지닌 게 없었습니다. 혹은 아주 조금만 지니고 있을 뿐이었습니다. 그런데 아버지 같은 분조차 가정을 위해 힘겹게 싸우셔야 했고, 자식들 문제는 뜻대로 되지도 않았습니다. 도대체 제가 무슨 자격으로 감히 결혼을 하고자 했던 것일까요?[68]

물론 저는 이런 질문을 스스로 명확하게 제기한 적도, 명확하게 답한 적도 없었습니다. 만약 그런 적이 있었다면, 평범하고 일상적인 시각으로 상황을 검토했을 것입니다. 아버

[68] 이 편지를 쓸 무렵 카프카는 이와 비슷한 생각을 율리 보리체크의 언니에게 보낸 편지에도 적고 있다. 카프카 자신의 설명에 따르면, 그는 병약하고, 직장 생활에도 유능하지 못하고, 기질적으로 상인이 될 수도 없으며, 농부들처럼 자식들이란 제 먹을 것을 타고난다고 생각할 수도 없는 사람이다. 또한 자기 내면의 존립을 기하는 일만으로도 부단히 싸워야 하고, 전력을 기울여도 늘 힘이 부족한 상태에 있다. 이런 처지에서 자기를 신뢰하는 헌신적인 여성과 결혼하여 불행에 빠뜨리는 것은 가당치 않다는 것이다.

지와 다름에도 불구하고 결혼의 뜻을 이룬 사람들, 그리고 최소한 그 과정에서 좌절하지 않은 사람들을 기준으로 삼았을 것입니다. (가까운 사람들 중에 아버지와 무척 상이한 분으로는 리하르트 외숙을 들 수 있습니다.[69]) 그 정도만으로도 대단히 성공적인 결혼이죠. 특히 저 같은 사람은 그 정도로도 충분히 만족했을 것입니다. 그러나 스스로 이런 질문을 하지는 않았습니다. 차라리 어렸을 때부터 경험으로 알았지요. 그때 저 자신을 평가하는 계기는 결혼이 아니라 온갖 자질구레한 일이었습니다. 이미 말씀드린 것처럼, 그런 온갖 일을 계기로 아버지가 본보기와 교육을 통해 제가 무능하다는 확신을 갖게 하셨지요. 아버지의 정당성은 입증되었습니다. 그 온갖 사소한 일들을 통해 제가 무능하다는 사실이 드러났으니까요. 그리고 이 사실은 당연히 결혼이라는 가장 중대한 일이 닥쳤을 때에도 그 섬뜩한 타당성을 다시 한번 드러낼 수밖에요.

결혼을 앞둔 시점까지의 제 성장 과정은 걱정이 많고 여러 불길한 예감에 사로잡혀 있는 상인에 비유할 수 있을 겁니다. 이 상인은 장부를 정확히 정리하고 회계하는 일 없이, 일

---

69 리하르트 외숙은 상인으로서 자식을 셋 두는 등 아주 '정상적인' 생활을 했다고 한다.

상에 파묻혀 살아갑니다.[70] 그는 몇 번 약소한 수익을 얻습니다. 그것도 드문 일이기에, 그는 대단한 수익을 올린 양 마음속에 담아두고 끊임없이 되새기며 기뻐합니다. 그러나 그 밖에는 매일같이 적자를 볼 뿐입니다. 모든 것을 장부에 기입해두기는 하지만, 단 한 번도 결산을 하지 않습니다. 그러다가 드디어 불가피하게 결산해보지 않을 수 없게 됩니다. 요컨대 결혼을 해보려는 것이지요. 어마어마한 손실을 헤아리다 보니 눈곱만큼이나마 이익을 낸 적은 단 한 번도 없는 것 같습니다. 결산이 알려주는 것은 단 한 가지, 엄청난 빚뿐이죠. 이런 판국인데 미쳐가는 것도 아니면서 이제 결혼을 하겠다고 나서다니요!

아버지와 함께 살아온 저의 삶은 이것이 전부입니다. 미래의 제 삶에 대한 전망도 여기에 담겨 있습니다.

지금까지 제가 아버지 앞에서 두려움을 갖는 이유에 대해 말씀드렸습니다. 이 글을 읽고 나면, 아버지께서 이렇게 대답하실지도 모르겠습니다.

"너는 한사코, 내가 우리의 관계에 대한 책임을 너에게만

---

70 1912년 카프카는 과거에 자신이 눈앞의 일만을 생각하며 지냈다고 회상했다.

떠넘기고 마음 편히 지내는 것처럼 말하는구나. 그러나 네가 외견상 무척 애를 쓰고 있는 것 같기는 해도, 나는 네가 상황을 너에게 훨씬 더 유리한 쪽으로 끌어가고 있다고 생각한다. 적어도 네 이야기가 너를 더 어렵게 만들지는 않아. 무엇보다 먼저 내가 말하고 싶은 것은 너도 마찬가지로 너의 잘못이나 책임을 전혀 인정하지 않는다는 거야. 그렇다면 우리의 행동 방식은 이 점에서 피차 마찬가지 아니냐. 그래도 난 내 생각대로 솔직하게 너만 잘못이라고 말하는데, 넌 달라. 넌 '아주 영악한', 그리고 동시에 '지나치게 다정한' 태도를 취하면서 네 아비인 내게도 아무 잘못이 없다는 판결을 내리려 하지.

물론 외면상으로만 너의 의도대로 이루어진 것처럼 보일 뿐이다. (너도 사실 그 이상의 진정한 무엇인가를 원한 것은 아니었을 거야.) 너는 본질이니 본성이니 대립이니 무력감이니 온갖 '허튼소리'를 하고 있어. 그러나 결국 이 편지의 행간을 잘 읽어보면, 공세를 취한 것은 사실 네 아비이고 네가 한 모든 행동은 오직 너 자신을 지키기 위한 자기방어였다는 말 아니냐. 이런 너 자신의 부정직성 덕분에 네가 뭔가 충분히 달성했다고 할 수 있을지도 모르지. 다음의 세 가지 사실을 증명했으니까 말이다. 그 첫째는 너에게 잘못이 없다는 점, 둘째는 나에게 잘못이 있다는 점, 그리고 셋째는 네가 오직 대인다운 아량으로 나를 용서할 마음의 준비가 되어 있을 뿐만 아니라 나 역시 잘못이 없다는―사실과 다른―주장을 입증할 준비, 그리고 너 스스로 그렇다고 믿을 마음의 준비까지 어느 정도 되어 있다는 점도 증명했지. 너는 지금 이런 것들만으로도 이미 충분하다고 생각할지도 모르겠다. 하지만 아직 부족하단다.

말하자면 너의 머릿속에는 전적으로 내 덕으로 살아보려는 생각이 박혀 있어. 우리가 서로 싸우고 있다는 사실은 나도 인정하마. 그러나 싸움에는 두 가지가 있는 법이야. 하나는 기사들의 결투처럼 각자 자립적인 두 적수가 능력을 겨루는 싸움이다. 피차 늘 혼자이고, 승리도 패배도 혼자만의 것이지. 다른 하나는 물거나 찌르는 데 그치지 않고, 자기의 생계를 위해 피까지 빨아먹는 독충의 싸움이다. 돈벌이를 하려는 진짜 용병들의 싸움이 본래 그렇다. 그런데 네가 바로 그런 존재야. 넌 생활에 무능해. 그럼에도 넌 안락하게, 걱정도 자책감도 없이 살고자 하는 거야. 그렇게 살기 위해 너는 논증하고 있는 거야. 내가 너의 모든 생활 능력을 박탈해서 내 호주머니에 쑤셔 넣었다고 말이다. 네가 생활에 무능하다는 것이 이제 너 자신과 무슨 상관이 있겠니. 그래, 책임은 나한테 있으니까. 너는 조용히 사지를 쭉 뻗고 누워, 정신적으로나 육체적으로나 내 덕분에 마음 놓고 삶을 두루 주유할 뿐이다.

예를 들어보자. 최근에 네게 결혼할 의향이 있었을 때, 그와 동시에 너는 결혼하지 않으려는 의향도 갖고 있었어. 너도 이 편지에서 인정했지. 그런데도 불가피한 고통을 면하고 싶으니까, 네가 내 방해 때문에 결혼하지 못했다고 주장하는 거야. 내가 내 이름이 '더럽혀지는 것'이 싫어서 반대했다고 하면서 말이다. 하지만 그런 생각은 꿈에서도 해본 적이 없다. 다른 때처럼 그때에도 역시 나는 '너의 행복에 장애가 될' 생각이 없었다. 아울러 나는 내 자식으로부터 그따위 비난을 듣고만 있을 생각도 없다. 나는 내 소망을 제쳐두고 네 결혼은 네가 알아서 마음대로 하라고 했건만, 이런 자기 극복이 나한테 얼마간이라도 도움이 되었더냐? 눈곱만큼도 쓸모가 없는 짓이었어. 내가 그 결혼을 싫어하긴 했지만, 그것이 결혼에 방해가 되지는 않았을 거야. 오히려 내 거부감 때문에 너는 더욱 그 여자랑 결혼하고 싶어 몸이 달았겠지. 그래야만 네가 말하는 이른바 그 '도피의 시도'라는 게 완벽하게 실현되었을 테니까. 또 나는 결혼을 허락했건만, 이렇듯 너의 질책을 면하지 못했어. 네가 결혼하지 못한 데 대한 책임을 내가 어떤 경우에도 피할 수 없다고, 지금 네가 이렇게 논증하고 있지 않느냐.

하지만 근본적으로 결혼 문제에 있어서나 다른 모든 일에 있어서나 네가 입증한 사실은 기본적으로 딱 두 가지뿐이다. 즉, 네가 말한 나의 책망들이 모두 정당한 것이었다는 점, 게다가 특별히 정당한 책망 하나가 빠져 있다는 점이야. 그것은 말하자면, 부정직하고, 듣기에만 좋은 소리를 하고, 빌붙어 사는 잘못에 대한 책망이야. 그런 잘못들이 정확히 드러나 있는 바로 이 편지에 정작 그에 관한 언급이 빠져 있어서 내가 일러주어야 하는구나. 이 점에 비추어 보면, 네가 나한테 빌붙어 사는 존재라는 것이 또 한 번 드러난다고 해도 크게 틀린 말은 아니겠지."

이에 대한 대답을 드려보겠습니다. 먼저, 방금 위에서 제기된—저에 대한 것이지만 부분적으로는 아버지에 대한 것일 수도 있는—반론은 한 구절도 빠짐없이 아버지 아닌 바로 저의 생각입니다. 아버지는 제가 저 자신을 불신하도록 가르치셨죠. 이렇게 아버지가 육성해주신 저의 자기 불신은, 이 반론 자체로써 알 수 있듯이, 다른 사람들에 대한 아버지의 어떤 불신보다도 더 심대합니다. 또 이 반론은 새로운 것들을 제시한다는 점에서 우리 관계의 특징을 정리하는 데 유용합니다. 이 반론의 내용이 어느 정도 타당하다는 것을 부인하지는 않습니다. 물론 현실은 그 이전까지의 편지에서 증명한 것들과 달리, 서로 잘 들어맞지 않을 수도 있는 법이지요. 산다는 것이 마냥 오래 참고 견딜수록 좋은 결과를 얻기 마련인 게임에 불과한 것은 아니잖아요. 이 반론 이전에 쓴 편지의 내용은 논점별로 따져가는 방식으로, 수정할 수도 없고, 수정하지도 않겠습니다. 그 내용은 이 한 편의 반론으로써 수정됩니다. 그리하여 제가 생각하기에 아주 썩 진실에 가까워진 무엇인가가 얻어졌습니다. 이것은 아버지와 저 두 사람의 마음을 조금이나마 달래줄 수 있을 것입니다. 그리고 한결 가벼운 마음으로 살다가 한결 수월한 죽음을 맞이하게 해줄 수 있을 것입니다.

프란츠 올림

부모님께 드리는 편지[1]

(…) 이 모든 일은 부모님과 제가 행복하기 위해 (이 두 가지 행복이 분리할 수 없는 하나임에는 의심할 나위가 없지 않습니까) 계속 지금처럼 살면 안 된다는 것을 말해주고 있다고 생각합니다. 그렇다면 베를린은 저에게 끝난 문제가 아닙니다.[2] 생각해보세요. 이번 파혼으로 인해 부모님께 큰 걱정을 끼쳐드린 것이 아니라면, 아마 제가 두 분을 몹시 고통

---

1 여기에 일부가 옮겨진 이 편지는 1914년 7월 펠리체 바우어와의 첫 약혼이 한 달 만에 파경에 이른 뒤, 카프카가 친구와 함께 덴마크의 휴양 도시 마릴리스트로 가서 며칠 동안 지내던 시점에 쓰였다. 부모님께 전달되지는 않은 것으로 추정된다. 여기에서 카프카가 밝힌 자신의 계획, 즉 프라하를 떠나 독일에서 전업 작가로 활동해보려던 구상은 이 편지를 쓰기 2년 전쯤부터 품어온 것이었지만, 끝내 실현되지 못했다.

2 편지를 쓰기 직전 카프카와 파혼한 펠리체는 당시 베를린에 살고 있었고, 카프카는 원래 두 사람이 결혼하게 되면 베를린을 보금자리로 삼고자 했다.

스럽게 만든 적은 아직 없을 겁니다. 혹 아닐지도 모르겠습니다만, 멀리 떨어진 곳에서 생각해보니 그렇게 판단할 수 없습니다. 그렇지만 제가 부모님께 진실로 오래 지속되는 기쁨을 안겨드린 적은 그보다 훨씬 적지요. 그 이유는, 이 말씀을 꼭 믿어주셔야 하는데, 기쁨을 오래도록 누린다는 것이 우선 저 자신에게 불가능했기 때문입니다.

왜 그런지는 누구보다 아버지께서 가장 이해하실 수 있을 것입니다. 비록 아버지는 제가 하려는 바로 그 일을 전혀 인정할 수 없는 분이긴 하지만 말입니다. 이따금 아버지는 아버지 인생의 첫 시작이 얼마나 힘겨웠던가를 말씀해주시곤 하셨습니다. 그것이야말로 아버지가 자존과 만족을 얻을 수 있는 좋은 교훈이 되었다고 생각하지는 않으세요? 아버지께서도 말씀하신 적이 있지만, 제가 너무 풍족하게 지냈다고 생각하지는 않으세요? 지금까지 저는 철저하게 비자립적인 상태로, 또 지극히 유복한 여건에서 성장했습니다. 비록 이것이 바로 이것을 희구하는 사람들에게 큰 선망과 애호의 대상일지라도, 저의 본성에 결코 유익하게 작용하지 않았다고 생각하시지는 않는지요. 물론 어떤 상황에 처해서도 자신의 자립성을 확립할 줄 아는 사람들이 있긴 합니다. 하지만, 저는 그런 부류에 속하지 못합니다. 물론 자신의 비자립성을 결코 극복하지 못하는 사람들도 있습니다. 그러므로 저도 혹 그런 사람은 아닌지를 한번 확인해보는 일이 몹시 해로울 것은 없지 않나 생각됩니다. 이런 시도를 하기에, 제 나이가 이미 너무 많지 않으냐고 생각해볼 수도 있겠지요. 그러나 그렇지 않습니다. 생각보다는 제가 젊거든요. 비자립성의 딱 좋은 점 한 가지는 젊음을 유지해준다는 것이죠. 물론 이런 말은 비자립성에 작별을 고할 때나 할 만한 소리입니다. 제가 사무실에서 근무하면서 비자립성을 탈피할 수는 없을 것입니다. 프라하에서는 도저히 불가능합니다. 프라하라는 도시에서는 모든 것이, 기본적으로 비자립성을 희구하고 있는 저의 현상 유지를 목표로 삼고 있으니까요. 모든 것은 제 손에 닿는 곳에 비치되어 있습니다. 사무실 근무는 저에게 몹시 성가시고 때로는 견딜 수 없을 정도입니다. 그러나 기본적으로는 확실히 수월하죠. 이런 식으로 저는 필요 이상으로 많은 소득을 올리고 있습니다. 하지만 대체 무슨 소용이 있죠? 누구를 위한 것이죠? 제 봉급은 계속 인상될 것입니다. 그래서 어떤 목적이 이루어질까요? 이 일은 저에게 맞지 않습니다. 이 일은 저에게 급료만 줄 뿐이며, 결코 자립성을 주지 않습니다. 왜 저는 이 일을 내팽개치지 못하는 걸까요?

만약 제가 사직하고 프라하를 떠나게 된다면, 위험에 빠져

서도 안 되고, 원하는 것을 모두 얻을 수 있어야 할 것입니다. 그러나 제가 위험에 처하게 되리라고 볼 수는 없습니다. 프라하의 삶에서 어떤 좋은 결과도 얻을 수 없는데, 어떻게 더 나빠지겠습니까. 부모님은 종종 저를 루돌프 외숙에게 비유하곤 하셨죠.[3] 그런데 제가 계속 프라하에서 산다면, 제 앞길은 외숙의 행로와 별로 다르지 않을 것 같습니다. 외숙보다 더 많은 돈을 벌고 관심사도 많겠지만, 신앙심은 더 부족하게 될 것입니다. 그만큼 더 불만에 차 있을 것이고요. 그 이상의 큰 차이는 없을 것입니다. 반면에 프라하를 벗어난다면, 제가 원하는 걸 모두 다 이룰 수 있습니다. 요컨대 자립적이고 안정된 한 인간이 될 수 있다는 것이지요. 제 능력을 활용하면서, 진실하고 적절한 노동의 대가로 진정 살아 있다는 느낌과 기복 없는 만족감을 얻을 수 있을 것입니다. 그런 인간이라면 —절대 사소하지 않은 것이며, 또 하나의 소득인데— 부모님께도 더 잘해드릴 수 있을 것입니다. 매번 부모님께서 고개를 끄덕이실 일만 골라가며 하지는 않지만, 전반적으로는 만족감을 주는 아들, 그런 아들을 하나 갖게 되실 거예요. 부모님은 틀림없이 '그 애는 자기가 할 수 있는 일을

---

3   루돌프 외숙은 어머니의 이복형제였는데, 나이를 먹으면서 기이하고 수수께끼 같은 인물로 변했다고 한다.

해'라고 말씀하실 것입니다. 지금은 그런 느낌을 갖지 못하
시잖습니까.

　제 계획을 실행하는 문제에 관해 저는 이렇게 생각하고
있습니다. 저에겐 5000크로네가 있습니다. 그 돈으로 독일
어디에서든, 베를린에서나 뮌헨에서, 최대한 2년 정도까지
는 돈을 벌지 않고도 지낼 수 있습니다. 그 2년 동안 저는 작
품을 쓸 수 있습니다. 프라하에서는 내적으로 느슨하게 맥
이 풀려 있고, 외부의 방해에 시달리고 있습니다. 그러므로
이곳에 있는 지금처럼 명료하고, 흐트러짐 없고, 충만한 상
태에서나 가능한 성과는 불가능합니다. 그러나 독일에서의
2년은 제가 그러한 성과를 거두게 해줄 것입니다. 또한 그 문
학적 성과는 제가 2년이 지난 후에도 제 수입으로 생활할 수
있게 해줄 것이고요. 무척 검소하게 생활해야 할지도 모르지
만 말입니다. 하지만 아무리 검소한 삶이라 할지라도 지금
프라하에서의 제 삶, 프라하에서 저를 기다리고 있는 삶과는
비할 수 없을 것입니다.

　부모님께서는 제가 저의 능력에 대해, 또 그 능력으로 벌
수 있는 수입에 대해 잘못 생각하고 있다 하시겠죠. 그런 이
유로 반대하실 겁니다. 하지만 제 예상이 틀렸을 가능성도

잘 검토했습니다. 제 나이, 서른한 살입니다. 이 나이에 그런 문제를 착각한다는 것은 있을 수 없는 일이잖습니까. 이 점을 부인하시지는 않겠지요. 제 나이에 그런 문제를 잘못 예상하고 있다면, 예측이라는 것 자체가 원래 불가능할 겁니다. 또한 이미 저는 얼마 안 되지만, 괜찮게 평가받는 몇 편의 작품을 썼습니다. 적어도 이 사실만은 부인하시지 않겠지요. 또 그것이야 아무러면 어떻습니까. 아무튼 부모님은 그런 걱정을 하실 필요가 없습니다. 왜냐하면 저는 조금도 게으르지 않고, 이런저런 욕심도 상당히 적은 편이기 때문입니다. 더구나 뜻대로 되지 않더라도 다른 일로 돈을 벌 수 있으니까요. 또 일이 어떻게 되건, 저는 결코 부모님을 탓하지 않을 것입니다. 그렇게 된다면 오히려 제가 지금처럼 프라하에서 지내는 것보다 저와 부모님께 훨씬 더 좋지 못한 결과를 가져올 테니까요. 저는 결코 그런 결과를 견디지 못할 것입니다.

  제가 계획하는 대로 된다면, 저는 분명 넉넉하게 살 수 있으리라고 생각합니다. 저는 그것만이 적절한 길이라고 확신하고 있습니다. 또한 계획의 실행을 늦추는 것은 뭔가 결정적인 일을 게을리 하는 것이라고 확신하고 있습니다. 그럼에도 부모님께서 이 계획에 대해 뭐라 말씀하실지 무척 알고 싶습니다. 당연한 일이지만, 부모님의 의향은 저에게 아주 중요하기 때문입니다.

진심으로 공손히 인사드리며,
프란츠 올림

누이동생 엘리에게 보내는 편지[1]

(…) 네가 강조한 점은 (태어나 살 수 있게 해준 데 대해, 자식들이 부모에게 감사할 필요가 없다는 것은) 스위프트가 말하려던 요지가 아니야. 기본적으로 누구도 그런 이야기를 그런 식으로 단순화해서 주장하지 않아. 핵심은 마지막 문장에 담겨 있지. "아이를 기르는 일에 있어서 부모란 가장 못 믿을 사람이라 해도 좋다." 물론 이 말은 그 이전의 논증 과정과 마찬가지로, 지나치게 압축적이야. 그래서 너한테 좀 더 상세하게 설명해주려는 것이지. 거듭 말해두지만, 모든 이야기는 어디까지나 (그 자신도 한 가정의 아버지였던) 스

---

1 이 편지는 1921년 가을쯤 엘리에게 그녀의 아들을 기숙학교에 보내도록 권유하고자 쓰였다. 엘리에게 보내는 또 다른 편지에서도 카프카는 자녀 양육의 현실에 대한《걸리버 여행기》의 풍자에 관해 언급한 적이 있다.

위프트의 생각일 뿐이다. 내 생각도 맥락은 같지만, 그 사람 만큼 단정적인 것은 아니야.

스위프트의 생각은 요컨대 이렇다.

전형적인 하나의 가족이 의미하는 것은 일단 동물적인 관계야. 말하자면 유일무이한 유기적 조직체이며, 오직 하나뿐인 혈연집단이야. 그러므로 가족은 자기 아닌 다른 아무것에도 의존하고 있지 않으며, 그 자체를 넘어설 수 없어. 하나의 가족이 그 자체로써만은 새로운 사람을 만들어낼 수 없다는 거야. 그럼에도 가정교육을 통해서 그것을 시도한다면, 일종의 정신적인 근친상간이라고 해야겠지.

따라서 가족이란 하나의 유기체이긴 하지만, 극히 복합적이고 균형이 잡혀 있지 않은 유기체란다. 그러므로 다른 유기체들과 마찬가지로 끊임없이 균형 상태를 추구하지. 이러한 노력이 부모와 자식 사이의 균형 상태를 (부모 상호 간의 균형 상태는 별개의 문제이고) 지향하여 실행될 경우, 이 균형화 과정을 가리켜 교육이라고들 부른다. 하지만 왜 이렇게 지칭되는지는 알 수 없는 일이야. 왜냐하면 진정한 의미의 교육, 즉 형성 도중에 있는 인간의 제반 능력이 발현되도록 차분하게 이기적이지 않은 사랑으로 이끌어주는 교육, 또는 자립적으로 발전해나가는 과정을 조용히 참고 견디며 허용해주는 교육을 여기에서는 그 흔적조차 찾아볼 수 없기 때문이지. 오히려 여기에서의 균형화는, 줄잡아도 수십 년 동안 극도의 불균형 상태에 처해 있도록 선고받은 동물적 유기체가 거의 발작적으로 시도하는 균형화일 뿐이야. 이때의 동물적 유기체를 동물로서의 개개인과 구분하여, 동물적인 가족 유기체라 명명해볼 수 있겠다.

이 가족이라는 동물적 유기체는 어떤 경우에도 즉각 적절한 균형 상태에 (적절한 균형 상태만이 진정한 균형이며, 지속적으로 유지될 수 있는 균형인데) 도달하지 못해. 그 원인은 각 구성 부위들 간의 차등성에 있어. 말하자면 부모가 자식들에 비해 장기간 엄청나게 월등한 우위에 있기 때문이야. 그 결과로 자식들이 성장하는 동안, 부모는 가족을 대표하는 독점적 권리를 갖지. 그런데 이 독점적 권리는 대외적으로 행사될 뿐만 아니라, 정신적인 유기체 내부에서도 통용된단다. 그러므로 부모는 자녀의 인격권을 서서히 빼앗게 돼. 나아가서 앞으로 언젠가 자녀가 이 권리를 양호하게 행사할 수 있는 능력조차 아예 갖지 못하게 할 수도 있어. 이처럼 불행한 사태는 훗날 당사자인 자녀의 고통만큼은 아니지만, 부모에게도 상당히 견디기 힘든 고통을 초래할 수 있지.

　가정교육과 진정한 교육의 본질적 차이는 전자가 가정의 문제인데 비해, 후자는 인간의 문제라는 점에 있어. 인류는 각자의 자리를 갖고 있지. 최소한 나름의 방식으로 몰락할 수 있는 가능성은 있어. 그러나 부모에게 장악된 가정에서는 아주 특정한 요구 사항을 가지고 있는 사람들, 더구나 부모의 일방적인 통고에 따라 행동하는 아주 특정한 사람들만이 자리 잡을 수 있거든. 부모의 뜻에 따르지 않는다고 해서 추방당하지는 않아. 추방은 매우 바람직한 일이지만, 그럼에도 이것이 불가능한 까닭은 요컨대 하나의 유기체의 일부이기 때문이야. 자식들은 저주를 받거나 잡아먹히거나, 또는 이 두 가지 결과를 동시에 맞이하게 돼. 고대 그리스 신화에서처럼 육신을 먹어치운다는 것은 아니지. (자기 아들들을 잡아먹은 크로노스는 가장 믿음직스러운 아버지였지.) 크로노스는 아마 자식들에 대한 동정심 때문에, 다른 통상적인 방법들보다 자기 나름의 방식을 선택하게 되었을 거야.

　부모의 이기심—부모 고유의 자의식—은 한계라는 것을 모른다. 부모의 가장 위대한 사랑조차도 교육적 관점에서 보자면, 유상 교육 담당자의 가장 하찮은 사랑보다 자기중심적이지. 다른 가능성은 있을 수 없어. 일반적으로 어른들이 남의 자녀들을 상대할 때의 태도와는 달리, 부모는 자기 자식들을 자유롭게 내버려두지 않아. 자기 혈육이라고 생각하기 때문이야. 더구나 부모 양측의 피가 섞여 있다는 점 때문에, 문제는 심각할 정도로 복잡해지지.

아버지가 (어머니의 경우도 마찬가지인데) 자식을 기르다 보면, 즉 "가르치다 보면", 가령 자신이 전부터 싫어했음에도 아직 극복하지 못한 자기 내부의 요소를 자식에게서 발견할 때가 있어. 그러면 아버지는 이제야말로 그것을 확실히 극복할 수 있으리라고 기대하게 돼. 그 이유는 아버지에게, 자기 자신을 통제하기보다 이 나약한 어린아이를 통제하기가 더 용이하다고 여겨지기 때문이지. 그래서 아버지는 자녀 나름의 발전 과정을 기다려보지 않아. 앞뒤를 가리지 않고 맹렬하게, 형성 도중에 있는 인간의 내면에 손을 쑤셔 넣는 거야.

혹은 가령 아버지가 무엇인가를 자기의 장점으로 간주하기 때문에 (놀랍게도 오직 그 한 가지 이유 때문에), 가족들에게도 (놀랍게도 자기 아닌 가족들에게) 그것이 반드시 있어야만 한다고 생각하지만, 어린 자식에게 그것이 없음을 알고 경악할 때가 있어. 그러면 아버지는 그 장점을 아이에게 두드려 박아 넣기 시작해. 그러나 이것이 성공한다 해도, 성공과 동시에 실패로 끝나고 말지. 박아 넣으려고 두들기는

155

중에 아이가 금이 가고 부서지기 때문이야.

혹은 가령 아버지가 자기 아내가 지닌 어떤 점을 좋아함에
도 불구하고, 그 점을 자식이 (아버지는 끊임없이 자식을 자
기 자신으로 착각하게 마련이고, 이 점은 모든 부모가 다 마
찬가지란다) 지니고 있다는 것은 싫어할 때가 있어. 마치 아
내의 푸른 눈동자를 무척 좋아하지만, 자기 자신이 그런 눈
을 갖게 되는 것은 극도로 싫어할 수도 있는 것과 같은 이치
란다.

혹은 가령 아버지가 자기의 장점으로서 애착을 갖고 있던
것, 또는 몹시 갖고 싶어 하던 것, 동시에 자기 가족들에게 꼭
필요하다고 여기던 것, 바로 그것을 아이에게서 발견할 때가
있어. 그러면 아이의 다른 점들이야 어떻게 되건, 아버지는
아랑곳하지 않아. 그가 자식을 바라볼 때, 그의 눈에는 자기
가 좋아하는 점 한 가지만 보이지. 그는 그 한 가지에만 매달
리고 집착하며, 자신을 그 노예로 전락시켜. 좋아하는 까닭
에, 그것을 남김없이 다 먹어치워.

이것이 이기심에서 태동되는 부모의 두 가지 교육 방식이
야. 말하자면 온갖 다양한 등급의 전제적 통치 행위와 노예
행위 두 가지란다. 전제적인 행위가 매우 온화하게 ("너는 날
믿어야만 돼, 난 네 엄마잖아!"), 또 노예 행위가 대단히 자랑

스럽게 ("넌 내 아들이야, 그러니 난 너를 나의 구원자로 만들겠어") 표출되기도 하지. 하지만 이 두 가지 다 끔찍한 교육 방식이고, 비교육적 교육 방식이야. 아이가 애초 싹을 틔우고 나왔던 땅바닥 속으로 다시 아이를 짓눌러 넣기에 적당한 양육 방식이지.

자식에 대한 부모의 사랑이란 동물적이고 무의미한 사랑일 뿐이며, 자신과 자기 자식을 부단히 혼동하는 사랑일 뿐이야. 교육자는 어린아이를 존중하지. 이것은 교육적 관점에서 비길 데 없이 중요해. 단지 존중할 뿐이며, 존중하는 동시에 사랑하는 것은 아니라 할지라도 그래. 거듭 말하지만, 교육적 관점에서 그렇다는 거야. 내가 부모의 자식 사랑을 동물적이고 무의미하다고 말하는 것도 그 사랑을 과소평가하려는 것은 아니거든. 부모의 사랑은 교육자의 뜻깊고 창의적인 사랑만큼이나 분석이 불가능한 비밀스러운 사랑이지. 아까의 내 말은 당연히 교육적 관점에만 해당돼. 오로지 이 관점에서는 부모의 사랑을 아무리 과소평가해도 조금은 부족할 정도라는 말이야. N이 암탉을 자칭한다면, 그 말은 백번 옳아. 모든 어머니가 근본적으로 다 그래. 그렇지 않은 어머니는 여신(女神)이거나 병든 짐승이겠지. 하지만 이 N이란 암탉이, 만약 자기 자식을 병아리 아닌 사람으로 길러내려 한다면, 혼자서 자기 자식들을 가르치면 안 돼.

다시 한번 말해두지만, 스위프트가 부모의 사랑이 지닌 품격을 떨어뜨리려는 것은 아니야. 오히려 그는 부모의 사랑이, 자녀들을 이와 같은 부모의 사랑으로부터 보호할 수 있을 만큼 충분히 강하다고 생각하고 있단다. 어떤 시(詩)에 나오는 어느 어머니는 자기 자식을 사자의 발톱에서 구해내기도 하지. 그 어머니가 자기 자신의 손아귀로부터는 자식을 지켜내지 못할 것이라고 해야 할까? 또 그런 어머니의 행위는 보답받지 못하게 될까? 더 정확히 말해서, 보답받을 가능성이 없는 행위일까?

교과서에 나오는 또 다른 시에서는, 너도 분명 알고 있겠지만, 긴 세월이 흐른 뒤 고향에 돌아온 방랑자가 등장해. 그를 아무도 알아보는 사람이 없지만, 어머니만은 자기 자식을 알아보지. "그 남자가 누구인지 어머니의 눈은 알았다." 그 시는 어머니의 사랑이 이루어낸 실로 경이로운 일, 즉 거대한 지혜를 표현하고 있어. 그런데 문제는 그 지혜의 반쪽만이 표현되었다는 점이야. 빠져 있는 나머지 반쪽을 덧붙여야 해. 즉, 아들이 그때까지 계속 집에서 살았다면, 그 어머니는 그가 누구인지 전혀 알아채지 못했을 거야. 나날의 일상을 아들과 늘 함께하는 생활은 그녀로 하여금 자기 아들이 실제 어떤 사람인지 전혀 알지 못하게 만들었을 거야. 그래서 그 시에 나오는 것과는 반대되는 일이 일어났겠지. 어머니보다 다른 모든 사람이 그 사람을 더 잘 알아보았을 거야. (물론 그녀는 아들을 알아봐야 할 필요도 전혀 없었을 거야. 아들이 결코 어머니에게 되돌아오지 않았을 테니까.)

아마도 넌 그 방랑자가 열한 살이 되고 난 다음에야 집을 떠나지 않았느냐고 말할지도 모르겠구나. 하지만 나는 확실히 알고 있단다. 그 사람은 만 열 살이 되기 몇 달 전에 떠났어.[2]

다른 식으로 얘기해보마. 그 어머니는 탐욕 때문에 책임을 떠맡으려던 것이 아니야. 탐욕 때문에 기쁨을 함께 하려던 것이 아니었고, (아마 한층 더 나쁜 경우가 되겠지만) 탐욕 때문에 고통을 나누려던 것도 아니었다는 말이야. (그 방랑자는 완전히 무일푼이었다고 하지!) 아들이 자신을 구원해주리라 기대하고 그런 행위를 한 것도 아니었어. 요컨대 그 아들이 아들 노릇을 잘 할 거라고 믿고 있었던 것도 아니야. (불신이란 프라하의 특징적인 현상이지. 아무튼 신뢰는 불신과 마찬가지로 위험한 결과를 가져올 수 있어. 불신이 자기 자신에 대한 것이라면 더욱 위험하고.) 그 어머니는 아들의

---

2 이 편지가 쓰인 1921년은 엘리의 아들 펠릭스가 만 열 살이 되던 해였다.

귀향으로 구원받았지만, 그 이유가 그런 것은 아니었다는 말이란다. (그 어머니가 처음부터 어떤 무척 위태로운 상황에 처하게 되지는 않았을 거야. 프라하의 유대인 여성이 아니라 오스트리아 슈타이어마르크의 어느 경건한 가톨릭교도였으니까.)

그렇다면 무엇을 해야 할까? 스위프트는 아이들을 부모의 품에서 떼어놓아야 한다고 주장하고 있어. 말하자면 이렇단다. 앞에서 말한 저 "가족이라는 동물적 유기체"는 균형 상태를 필요로 하지. 그런데 우선 아이들을 떼어놓음으로써 잠정적인 균형 상태에 있게 돼. 그리고 최종적인 균형은 일정 기간 유예되는 거야. 그래서 아이들이 부모에게 의존하지 않고, 육체적으로나 정신적인 능력에 비추어 부모와 대등한 위치에 놓이게 되면, 마침내 진정한 균형이 가능해지지. 동시에 그것은 사랑의 균형이야. 요컨대 네가 "구원"이라 부르는 것, 다른 사람들이 "자녀들의 감사하는 마음"이라 부르는 것, 그럼에도 세간에서는 찾아보기가 무척 힘든 것이 바로 그것이지. 드디어 그것을 위한 시간이 도래하는 거야.

덧붙이자면, 스위프트는 범위를 제한할 줄도 알았어. 빈곤한 사람들의 자식이라면, 무조건 부모로부터 떼어놓아야 할 필요는 없다고 생각했단다. 빈곤한 사람들의 경우에는 바깥 세상이, 노동의 삶이 도저히 막을 수 없이 오두막 속으로 얼마간 들어앉기 때문이지. (이를테면 그리스도가 태어날 때에도, 반쯤 허물어진 오두막 속에 온 세상이 들어앉아 있었지. 목동들과 동방에서 온 현자들 말이다.) 그렇기에 좋은 물건들로 꾸며진 집 안과 달리, 답답하고 유해하고 어린아이의 기력을 소진시켜 허약하게 만드는 환경은 조성될 수 없다는 거야.

물론 경우에 따라 부모가 훌륭한 교육 공동체를 구현할 수 있다는 사실도 스위프트는 부정하지 않아. 그렇지만 그것은 남의 아이를 데려다 기를 때에만 가능하다는 거야. 대략 지금까지 말한 것들이 내가 읽은 스위프트의 입장이란다.

《편지》에 관하여

　1883년 프라하에서 태어나 1924년 만 41세가 조금 못 되는 나이로 삶을 마친 프란츠 카프카는 국내에서도 많은 독자들의 꾸준한 관심과 전문 연구자들의 치열한 탐구의 대상이었고, 상당수 글 쓰는 이들에게는 투철한 작가 정신의 귀감으로서 공감의 대상이 되어왔다. 우리는 그의 사진과 작품을 통해, 그리고 그와 그의 작품에 대한, 작품의 분량을 압도하리만큼 많은 연구와 비평을 통해 그를 대한다. 그러나 수수께끼처럼 독자를 사로잡으면서도 암호화되어 있는 듯한 그의 텍스트를 이해하기란 종종 일반 독자들뿐만 아니라 전문 연구자들에게조차 만만한 일이 아니다. 현대인의 존재 상실과 회의, 그리고 불안을 심층적으로 다루고 있다고 알려진 그의 작품들은 독자에 따라서는 읽고 있다는 것 자체에 대한 회의, 읽고 있음으로 인한 불안과 상실감을 제공하기도 한다. 또한 수많은 연구 성과들은 그를 이해하는 데 어느 정도 도움이 되기는 하지만, 카프카와의 소박하고 순수한 만남을 저해하기도 한다. 심지어 카프카가 비평가들의 대대적인 능욕과 박해에 희생되었다는 지적까지 있음을 고려한다면, 카프카 문학의 정신을 감지하고 그 묘미를 맛보는 것은 지난한 일로 여겨지기도 한다. 카프카의 대표작들이 널리 알려져 있고, 그의 작품이 진실한 문학을 원하는 독자들에게 변함없이 강한 흡인력을 지니고 있음에도, 첫 작품을 읽고 나서 또는 그 도중에 발길을 돌리는 독자들이 있는 까닭은 여기에 있을 것이다.

여전히 우리나라에서 그다지 알려지지 않은《아버지께 드리는 편지》는 바로 그러한 독자들에게 반드시 권해야만 할 글이며, 아직 카프카를 읽지 않은 독자들에게도 마음 놓고 필독을 권할 수 있는 글이다. 이 편지는 고유한 용도를 갖는 사적인 서한인 동시에 자전적 에세이로서 그 자체로 훌륭한 문학성을 지니고 있을 뿐만 아니라, 그의 작품에서 특징적으로 나타나는 주제와 동기를 숱하게 담고 있다. 아버지와의 관계에 대한 진술은 그의 작품 세계에서 본질적인 역할을 하는 요소들, 즉 교육, 사업, 유대주의, 작가의 실존, 직업, 성과 결혼 등의 문제를 차례로 짚어가며 체계적으로 배열되어 있다. 이 편지의 이처럼 독특한 지위는 카프카 사후에 전집을 펴낸 막스 브로트의 갈등에서부터 확인할 수 있다. 1950년 대 초에 카프카의 전집을 출판하면서 브로트는 이 편지를 사적인 서한으로 평가했음에도 문학작품으로 분류했던 것이다. 더욱이 카프카의 문학작품들이 자전적 성찰의 성격을 지니고 있다는 점을 고려한다면, 가장 중요한 자전적 진술로 평가되는 이 편지가 그의 문학에서 차지하는 비중과 의미는 어렵지 않게 짐작할 수 있다. 무엇보다도 이 편지는 치밀한 구성과 논리에도 불구하고 구체적이고 흥미로우며, 다행히도 그리 까다롭지 않을 뿐만 아니라 독자의 마음을 사로잡아 함께 탄식하게 할 만큼 감동적인 동시에 무척 소중한 통찰을 선사한다. 그럼으로써 이 편지는 카프카가 골치 아픈 작가라는 적지 않은 독자들의 관념을 불식하는 데에도 도움이 되며, 불가해한 암시와 상징의 고독한 예언자적 이미지를 지녀온 카프카로부터 친숙한 동료나 형제의 모습을 발견하게 한다.

덧붙이자면, 이 한 통의 편지는 카프카의 미로 속 특정 지점들을 탐색하다가 그 구조를 되새기며 복귀할 수 있게 해주는 실타래와 같다. 한번 훑어보고 나서 생각만 거듭하거나, 처음에 특히 인상적이었던 구절만 걸러 종합하다 보면, 왜곡된 허상들이 뒤엉킨 또 다른 출구 없는 미로에 갇히기 쉽다.

읽고 또 읽으면 읽을 때마다 더 깊고 새롭고 흥미로운 깨달음을 얻게 된다. 그리고 카프카는 그렇게 거듭 읽고 되풀이해서 생각할 만큼의 가치가 있는 글, 압축되고 정연하고 예리하고 함축적인 글을 쓸 줄 알았던 결코 많지 않은 작가들 중 한 사람이었다. 카뮈의 말처럼 우리는 그의 글에서 "인간 사유의 한계점까지 옮겨지게" 되고, 지드처럼 "정밀한 정확성"에 찬탄하게 된다. 수십 년 애증으로 얽히고 굴곡진 부자 관계를 포함해서 한 인간과 다른 한 인간의 관계에 대한 글로서, 이 편지만큼 '극한에 가깝게 정밀한' 탐색을 또 찾을 수 있을까.

카프카의 비유와 만날 수 있는 것은 진지한 책 읽기 속의 또 하나의 즐거움이다. 다섯 단의 계단과 한 단의 계단에 대한 비유, 금융 사기죄를 범한 은행원에 대한 비유, 걱정 많고 선견지명 없는 상인에 대한 비유, 그 밖에도 교수형의 언도와 집행에 대한 비유나 어린아이의 능력을 가진 어른에 대한 비유는 본래 아버지를 위한 것이었겠지만 이제 독자를 위한 배려로 남아 있다. 그 배려를 누리는 것도, 그리고 거기에 담긴 카프카의 참된 모습과 편지의 진실을 오롯이 깨우치는 것도 이제는 오직 독자들의 몫이 되었다.

아버지에 대한 증오인가 사랑인가

감정을 넘어서

이 편지에는 다양하고 복합적인 감정들이 등장한다. 카프카를 이해하기 위해서는 그 감정에 한 번쯤 사로잡혀보아야한다. 그러나 자칫하면 카프카의 치밀한 논리 속에 스민, 간절하고도 이성적인 소망을 외면하기 쉽다. 글에는 감정이 배제되어 있지 않지만, 글쓴이는 감정에 사로잡혀 있지 않다. 이 글에서 분노가 보인다면, 그것은 분노의 발산이 아니라 분노에 대한 묘사이자 보고이다. 그가 쓴 것은 아버지의 가슴에 대고 터뜨리지 못했던 불만이 아니라 "아버지의 가슴에 기대어 푸념하지 못하는 것들"이며, 이것을 그는 최대한 감정을 절제하면서 논리적으로 빈틈없이 서술한다. 분노와 원망은 글의 주제라기보다 소재에 가깝다. 이것을 그는 마음껏 토로한다기보다 신중하게 간추려 정직하게 고백한다. 직설적으로 표출한다기보다 객관적 근거로 제시하고 그 원인을 공정하게 진단한다. 그리하여 자신의 판단에 대한 아버지의 이성적인 '동의'를 구한다. 그는 아버지가 이것을 자기에 대한 단순한 비난으로 단정하지 말 것을 끊임없이 당부하며, 자신의 온 희망이 이 편지에 달려 있음을 반복해서 밝힌다. 이것은 율리 보리체크와의 결혼 의사가 감정과 욕구 때문이라는 아버지의 판단에 맞서, 그 자신의 판단이 "이성적인" 것이었다고 해명하는 태도와도 일치한다. 그러므로 종종 도발적인 '감정 자체'에 주목하는 것은 이성에 호소하는 카프카의 희망을 외면하는 것과 같다.

미움보다 더 깊은 사랑

편지는 분량과 내용 모두 거의 충격적일 정도로 흥미롭다. 줄지어 등장하는 아버지의 가학적 언행, 그리고 한이 맺힌 듯한 카프카의 회상은 부자 관계에 대한 우리 식의 윤리 감각을 당혹스럽게 만든다. 그러나 전술했듯, 이 편지가 결코 억압과 분노만을 고발하는 다큐멘터리에 불과한 것은 아니다. 아마 주지하다시피, 이 편지는 애증이라는 복합적 감정의 산물이다. 이 편지가 작성된 힘의 원천은 깊은 사랑과 그만큼 깊은 미움이며, 이 두 가지의 격렬하고 불가피한 상호 충돌이 작성의 계기이다. 그런데 무엇이 승리한 다음에 이 편지가 쓰인 것일까? 혹시 카프카는 단 한 번만이라도 아버지에게 조곤조곤 책임을 추궁하고 후련하게 분풀이하고 싶었던 것은 아닐까? 그러나 미움이 승리했다면, 아예 마음의 문을 닫고 무심하게 외면해버리는 쪽을 택하지 않았겠는가? 편지에서 말하듯, 카프카에게는 아버지도 '약자'였다. 그는 다시 한번 더 깊은 사랑의 편에 서서 가장 근본적인 시도를 감행한다. 두 사람 간의 사랑을 당연한 전제로 삼고 편지는 원망과 분노를 진술하기 시작한다. 이것은 보복이 아니라 근본적인 해결을 위한 것이었다. 따라서 아버지에 대한 카프카의 평소 감정이 애증이라 하더라도, 이 편지 자체는 미움보다 더 깊은 사랑의 소산이다.

사랑을 전제로

카프카의 이 편지가 아버지에게 일생에 단 한 번 보낸 편지는 아니다. 그는 죽기 전까지 엄청나게 많은 분량의 편지를 썼고, 부모님께 쓴 편지만도 무척 많다. 그 많은 편지들에는 여느 평범한 부모 자식이 주고받는 대다수의 편지들처럼, 서로의 사랑을 확인할 수 있는 자질구레한 소식, 근심과 위로, 부탁과 감사의 사연이 담겨 있다. 그러나 이 편지에서는 그러한 사랑을 감지하기가 쉽지 않다. 첫째, 편지의 사연들이 일상생활 속에서 둔감해진 독자의 감성을 압도하기 때문이고, 둘째, 부자간의 사랑은 너무나도 당연한 것으로 전제되어 있기 때문이다.

그러나 필요할 경우에는 사랑이 가끔 명시적으로 확인되기도 한다. 가령 카프카는 부자 관계의 문제점에 대한 아버지의 인정을 유도하고자 할 때, 또는 자신의 친구들에 대한 아버지의 질투를 지적할 때, 아버지가 부인하지 못할 근거로서 자신에 대한 아버지의 사랑을 제시한다. 또 카프카는 아버지의 반대편에 서게 된 누이 오틀라와 아버지의 화해를 거론할 때, 아버지를 자기편이라고 말하기도 한다. 극심한 자기 불신에 시달리며 자학하던 카프카였지만 자신에 대한 아버지의 사랑을 확인할 때만은 이례적으로 자신감을 보이는 것이다. 반면 자신의 딜레마를 고백할 때, 그는 자신의 불행한 상황 속에서 "저는 아버지의 편"이라고 확인한다.

다시 말해 그가 딜레마에 빠져 있는 까닭은 바로 그가 아버지의 편이기 때문이기도 하다. 그리고 "아버지의 편"이라는 말은 가령 '아버지를 사랑한다'는 말보다도 부자간의 애정을 고백하기에 더 자연스럽고 진실한 표현으로 보인다. 카프카와 아버지의 알력이 외견상으로는 편지에서 드러나듯 극심하지 않았다는 브로트의 증언, 그리고 카프카의 아버지가 평생 자식에게 손찌검 한 번 한 적이 없고, 성인이 된 자식의 과로가 염려될 때를 제외하면 거의 화를 내지 않았다는 사실을 감안하여 헤아려보자. 깊은 사랑만이 내면에 깊은 갈등을 새겨 넣는 법이다. 누구나 자신이 무엇인가를 당연시하면 할수록, 그것을 명시적으로 부각할 필요를 덜 느낀다는 것은 지극히 자명한 사실 아닐까?

사랑은 어떻게 불행을 낳는가

그렇다면 카프카는 왜 "기본 바탕에 있어서는 관대하고 정이 많은" 아버지가 자신을 사랑했음에도 불행한 상황에 처해 있었을까? 그것은 이 편지에 나오듯, 아버지가 독선적이고 기질적으로 성급했으며, 자식을 강하게 기르기 위해서는 격려보다 책망이 필요하다고 생각했기 때문이다. 말하자면, 그의 아버지의 사랑은 의식적으로도 무의식적으로도 지나치게 일방적이고 강압적이었다. 카프카는 1921년 〈누이동생 엘리에게 보내는 편지〉(부록 2)에서 모든 부모가 "자신과 자기 자식을 부단히 혼동하는" 법이라고 말하고 있거니와, 그의 아버지의 사랑은 자신과 자식의 동일시에서 비롯되는 애착에 가까웠다. 미처 자식을 별개의 인격체로 존중하지 못했기에, 부자 관계는 지배와 복종이라는 일방적 통치의 성격을, 사랑은 하사품의 성격을 떨쳐버릴 수 없었다. 카프카가 구스타프 야노우흐에게 말했듯, "사랑이 곧잘 강압적인 방식으로", 즉 진실한 배려도 명령의 형식으로 나타났던 것이다. 그 결과는 단지 자식만의 고통이 아니었다. 지배적인 방식으로밖에 사랑할 수 없었던 아버지, 아버지이기에 명령하지 않으면 안 된다고 믿었던 아버지, 그러면서 어느새 명령하는 방식의 배려에만 익숙해져 있던 아버지, 그래서 자식이 순종하지 않으면 사랑이 거부당한 쓰라림을 겪어야 했던 아버지,

자식에 대한 '사소한' 언사들 하나하나가 어떤 심대한 위력을 발휘하는지 알지 못했던 아버지도 결국 불행할 수밖에 없었다. 그러나 자신을 사랑하면서도 억압하는 사람이 있다는 것, 나아가 다른 이유에서가 아니라 바로 사랑하기에 억압하는 사람이 있다는 것, 이를테면 대우가 좋은 직장을 그만두고 오래도록 염원하던 새로운 삶을 시작한다든가 세속적 관점에서 보잘것없는 집안의 딸이지만 여러 면에서 드물게 마음이 통하는 여인과 결혼하려 하는 것 등등에 대해 관계의 단절을 걸고 단호히 금지하는 사람이 있다는 것, 결코 영원히 외면할 수는 없는 그 사람을 사랑하며 살아간다는 것이야말로 누구에게나 형언할 수 없이 고통스러운 일일 것이다. 사랑하는 사람의 억압만큼 헤어나기 어려운 억압은 없으며, 사랑이 깊은 사람의 모멸과 위협과 불신일수록 그만큼 더 참담한 것이기 때문이다.

카프카의 선택

그 고통이 벅차게 증폭될 때, 그럼에도 함께 살아가야 할 때, 그렇다고 그저 까맣게 말라 죽어갈 수만은 없을 때, 사람들의 가슴속에서는 적당히 냉담한 증오나 은밀한 무관심이 자연스레 자라나 본능적인 방어망을 구축하기도 한다. 그러나 카프카에게는 오직 진실로 사랑하는 것과 한없이 고통스러워하는 것만이 가능했다. 그 자신의 말처럼 "대단히 유용한 감수성"을 갖고 있지 못했기 때문이며, 밀레나 예젠스카의 말처럼, "무척 세심한 양심을 지닌 인간이자 예술가여서 다른 사람, 즉 귀머거리들이 안심하는 경우에도 마음을 놓지 않는" 사람이었기 때문이다. 겉으로만 아버지를 사랑하는 체하면서 살아가는 쪽을 선택할 수는 없었던 것이다.

이 편지는 오직 아버지와 정신적으로 영원히 결별하지 않기 위해, 즉 카프카 자신의 말처럼 아버지가 무의식중에 자신에게 "강요"하는 결별을 피하기 위해, 또한 고통 없이 사랑하고 사랑받는 일을 가능하게 하기 위해 작성되었다. 편지에서 카프카는 자신을 "죄수"에, 자신의 집을 "감옥"에 비유한다. 죄수는 탈옥의 의도와 동시에 감옥을 환희의 성으로 개조하려는 의도를 갖고 있다. 감옥은 억압을, 환희의 성은 대등하고 화목한 관계를 의미한다. 이 편지를 쓴 의도로서 그 자신이 거듭 말하는 "편지에 걸고 있는 온 희망"은 무엇보다 부자간의 지배와 복종의 관계를 서로 존중하는 자립적 존재들 사이의 화목한 관계로 개조하는 것이었다. 뿐만 아니라 카프카는 아버지와 다른 가족들의 화해, 즉 엘리의 변화에 대한 인정, 오틀라의 저항에 대한 관용과 지지, 어머니의 고통에 대한 한층 깊은 이해까지 도모한다. 요컨대 그는 탈옥이 아닌 개조의 시도를 선택한다. 그 시도는 억압에 대한 보복이 아니라, 억압 자체와 그 억압으로 인한 피억압자의 불행, 나아가 억압자 자신의 불행까지도 원천적으로 해소하기 위한 시도였다.

구성과 전개, 그리고 소송의 의미

아버지와의 대화

이 편지는 이를테면 "오늘은 제가 기어이 한 말씀 드리겠어요"와 같은 말이 아니라 "최근에 아버지께서 제게 물어보신 적이 있지요"라는 말과 함께 시작된다. 그러므로 편지는 외형상 아버지의 물음에 대한 대답의 형식을 띤다. 먼저 말을 꺼낸 것은 카프카였다. 아버지가 두렵다는 카프카의 고백은 아버지와의 진실한 대화에 대한 갈망의 표현이었음이 분명하다. 그 시도에 대한 반응은 아버지의 '내가 널 얼마나 사랑하는데, 왜 그런 이해할 수 없는 소리를 하느냐'는 물음이었을 것이다. 그러나 이 물음에 대한 응답은 어쩌면 불손하고 야속한 자식의 침묵이었다. 말하고 싶고 듣고 싶었지만 두 사람의 대화는 그것으로 끝이 나고 말았다. 그러나 먼저 대화를 시도하고 먼저 대화를 포기했던 카프카는 아버지의 물음에 답하지 못했던 이유에 대한 해명을 시작으로 드디어 대화의 재개를 모색한다.

그러므로 이 편지로써 평생 "대화라고 할 만한 대화가 이루어진 적은 드물었"다던 두 사람 사이에 잠재적인 대화가 비로소 성립한다. 대답의 형식은 단지 평소에 하고 싶던 말을 하기 위한 방편이나 기교가 아니라, 카프카다운 진지함의 발로이다. 아버지와 "차분한 의사소통이 불가능"하므로 피차 고통스럽게 끝날 대화를 피하기 위해 평소 카프카는 침묵했다. 그만이 대답할 기회를 갖지 못했던 것은 아니다. 변변하게 대답하는 일 없이 항상 "내면적인 도피"만 궁리하는 답답한 아들 때문에, 비록 성급하고 독단적이지만 아버지도 고통을 겪어야 했다. 그런 아버지와의 대화다운 대화를 카프카는 처음으로 시도한다. 게다가 대답을 마친 후 말미에는 그 대답에 대한 반응으로서 카프카 자신이 상정한, 가장 가혹하고 악의적인 아버지의 반론과 이에 대한 자신의 해명까지 덧붙여져 있다. 이 가상 반론과 해명 역시 편지로써 가능해질 아버지와의 대화가 추후에도 지속되기를 바라는 그의 열망의 표현이라고 해야 할 것이다.

36년간 함께 살아온 두 사람, 그것도 부자 관계에 있는 두 사람 사이에 처음 시도하는 대화로서 이 편지는 실컷 대답하고 실컷 듣게 되기에 충분한 분량임에 틀림없다. 그 자신의 말처럼 "아버지와 함께 살아온 저의[그의] 삶은 이것이

전부"이기 때문이다. 단 한 통의 편지가 책 한 권 분량이라는 것은 그 자체만으로도 흥미로운 일이다. 그러나 그 전부가 일생을 통틀어 단 한 번 가능했을지도 모를 대화라는 것, 더구나 단 한마디의 물음에 대한 대답이라는 것, 그 대답은 물음을 던진 사람과 함께 살아온 삶의 전부라는 것이야말로 실로 카프카다운 일이다.

그 구체적인 대답을 본격적으로 시작하기 위해 카프카는 아버지의 물음에 이어 다시 한번, "나는 늘 너를 좋아했단다. 겉으로는 다른 아버지들이 자식을 대하듯 너에게 다정하게 해주지 못했지만, 그건 다만 내가 다른 아버지들처럼 가식적으로 행동을 할 수 없었기 때문"이라는 아버지의 말을 끌어들인다. 이 말이 인용됨으로써 편지는 부자간의 대화의 성격을 한층 더 강화하게 되고, 두 사람의 관점을 번갈아 오가며 전개된다. 아버지의 해명에도 불구하고 솔직한 애정 표현을 가식이라 할 수 없다는 것, 오히려 애정을 표현하지 않는 엄격함이야말로 가식이라는 것은 자명한 사실이다. 아버지의 말 속에는 애정 표현에 익숙하지도 않고 익숙해지고 싶지도 않은 사람의 자기 합리화 의도, 자기야말로 자식을 제대로 사랑할 줄 아는 아버지이며 자신만이 진실한 사람이라는 오만, 그리고 지배적인 존재로서의 권위를 잃지 않은 채 자식의 동의를 구하고 싶은 바람이 담겨 있다. 요컨대 자식에 대한 미안함과 자기의 태도에 대한 변명조차 오직 위압적이라 할 만큼 당당한 태도와 억지 논리를 통해서만 표현되는 것이다. 따라서 이 말 속에는 서로 사랑하면서도 자식이 아버지를 두려워하고 아버지가 자식에게 배신감을 느끼는 불행한 부자 관계의 근본 원인이 함축되어 있다.

카프카는 아버지 말 속의 자명한 모순을 드러냄으로써, 애정의 표현을 가식적인 행위처럼 부자연스럽게 느끼는 아버지 자신에 대한 관심을 자연스럽게 환기시킨다. 동시에 자신이 진단한 그 원인에 대한 아버지의 이해를 얻고자 한다. 어릴 때부터 말할 수 없는 고초를 겪으며 자수성가한 아버지는 유대인에 대한 차별이 제도화되어 있는 현실에서, 사랑하는 장남이자 외아들인 카프카를 위한 주된 교육 방식으로 역경에 의해 강해지고 연민에 의해 나약해지는 생존 투쟁의 현실 논리를 적용한다. 동시에 그 교육적 의도로써 현실 논리에 익숙해진 자신의 거칠고 위압적인 태도를 정당화하기도 한다. 그러나 자식에게 경탄의 대상이었던 아버지의 지나치게 엄격하고 가식도 불사하는 의도적인 질책은 카프카의 심한 자책과 자기 불신으로 귀결되었다. 그럼에도 카프카 자신의 말처럼, 그가 아버지에게 불행에 대한 책임을 인정하게 하고자 하는 것은 아니다. 아버지가 진실로 자식을 사랑하지 않은 것은 아니었기 때문이다. 카프카는 다만 불행의 원인에 대한 아버지의 인식을 유도하고, 아버지의 태도 변화를 위한 동기를 제공하고자 한다. 말하자면 이 편지는 일방적인 추궁을 위한 논고가 아니다. 그의 논증은 '차분한 대화'를 통한 합의를 추구한다.

소송으로서의 의미

이 편지를 하나의 '소송', 즉 아버지에 대한 카프카의 소송으로 볼 수도 있다. 그러나 문제는 그 소송의 궁극적 목표가 무엇인지를 포착하는 일이다. 우선 피셔출판사가 간행한《편지》에 후기를 쓴 빌헬름 엠리히처럼 편지의 전제가 사랑이고 화해가 그 목표임을 간과한다면, 이 소송을 단지 아버지와 자식 간의 소송, 억압적인 아버지를 논리적으로 제압함으로써 자식이라는 한 개인이 자율성 및 아버지와의 동등성을 쟁취하기 위한 투쟁적 의미의 소송으로 규정하게 된다. 그러나 그러한 시야에는 카프카의 진실이 드러날 수 없다. 따라서 엠리히는 카프카가 아버지와의 유대 및 그에 대한 저항이라는 모순된 투쟁을 수행하기 위해 여성을 수단으로 이용했고, 카프카가 아버지에 대한 소아병적 의존 상태를 벗어나지 못한 채 갈등으로 인한 애증의 혼돈에 빠져 있으며, 작품에서 세계의 허구성을 폭로하듯 이 편지에서 자기 법칙의 허구성을 폭로할 뿐이라고 주장하기에 이른다. 결과적으로 아버지에 대한 소송은 자기 자신에 대한 소송임이 드러난다는 것이다. 그러나 엠리히야말로 카프카의 혼돈을 지적함으로써 자기 자신의 혼돈을 폭로할 뿐이다. 그의 혼돈은 편지의 저변에 깔린 카프카의 사랑, 아버지 자신에 대한 미움을 무의식중에 "강요"하는 아버지에 맞서 아버지에 대한 사랑을 지키려는 그의 갈망을 보지 못하는 데 따른 당연한 귀결이다.

카프카는 결혼이라는 최고의 성취를 이루는 일보다 "결정적으로 중요한 것은 오직 멀리서부터 가까워진다는 것, 특히 단정하고 예의 바르게 다가간다는 것 자체"라고 말한다. 결혼은 곧 '사랑하기 때문에 서로 존중하는 남녀 간의 끝없는 친화'라는 것이다. 사랑과 결혼을 이보다 더 겸허하고 아름답게 규정할 수 있을까? 아버지와의 동등성이 그에게 그토록 지대한 소망인 까닭은 그가 그것을 부부간의 진정한 동등성을 포함해서 모든 인간의 보편적인 동등성의 일환으로서 갈구하기 때문이다. 보는 시각에 따라서는 외견상 결혼이 아버지와의 동등성 획득을 위한 방안, 아버지만큼의 성취를 이루기 위한 방안에 불과하다는 인상을 줄지도 모른다. 만약 그렇다면 이것은 단지 결혼을 통해 이룰 수 있는 성취들 중 한 가지 측면만이 주로 부각되었기 때문일 것이다. 그리고 그런 인상을 준다 할지라도, 이는 유대인 가정의 장남이자 외아들로서 각별한 애착의 대상인 카프카가 전형적인 가부

장인 아버지의 마음에 다가서기 위해 심사숙고했음을, 그 배려가 헛되지 않았음을 확인해줄 뿐이다. 그보다 앞서 자신의 교우 관계에 대한 아버지의 불신이 이미 질투 때문임을 간파했던 카프카가 가령 결혼을 결심하게 된 이유로서 약혼녀의 긍정적인 점들을 아버지 앞에 열거할 리는 없지 않았겠는가. 아버지에 대한 그의 배려는 진실의 범위를 벗어나지 않는다. 결혼을 위해서는 아버지의 긍정적인 자질뿐만 아니라 그와 짝을 이루는 부정적 특성들까지 함께 필요하다는 진술도 단지 아버지의 호의를 얻기 위해 아버지를 미화하는 말이라고 단정할 수는 없다. 이것은 현실과의 투쟁을 통해 단련된 긍정적 가치들뿐만 아니라 '바로 이 긍정적 가치의 수호를 위해 반드시 필요한 생활력'에 관한 공정한 진술일 뿐이다. 이미 그는 "외부 세계와의 전쟁터에 어린아이의 능력을 가진 어른으로서 뒤늦게" 나서야 하는 자신의 처지를 한탄하지 않았던가? 진실을 왜곡하지 않으면서도 아버지에 대한 배려를 절묘하게 구사하는 진술들은 그러나 카프카의 사랑을 이해하지 못하는 사람에게는 혼돈을 초래할 수밖에 없다. 엠리히의 견해는, 그러한 혼돈으로 인해 이 한 통의 편지에 담긴 카프카의 진의가 얼마나 변질될 수 있는지를 알려주는 예라고 할 수 있다.

그럼에도 분명 이 편지는 일면 소송의 성격을 지닌다. 카프카는 아버지에 관한 오틀라와 자신의 대화를 언급하면서 부모 자식 간의 "종결되지 않은 이 끔찍한 소송"이 화제였다고 밝히고 있는데, 이 편지는 그 소송의 종결을 위한 것이었다고 할 수 있다. 이때 오틀라와의 대화에 관한 진술은 사실상 본격적인 소송을 위한 이 편지가 어떻게 작성되었는지를 간접적으로 알려준다. 즉, 카프카는 "정신을 집중해서 재미있고도 진지하게, 사랑과 반항심, 분노와 혐오, 체념과 죄책감을 품고, 두뇌와 가슴속의 모든 힘을 기울여서" "모든 점을 낱낱이 살피고 온갖 동기와 원인을 짚어가며, 다양한 측면에서 세밀하고도 포괄적으로" 서술하고 있다. 동시에 그는 가능한 한 신중하게, 그러나 어디까지나 공정하게 진술한다. 가령 아버지의 "따뜻한 속마음"은 의심해본 적이 없지만, 그 마음의 표현 방식만은 문제가 있지 않았느냐는 것이다. 또한 아버지의 교육 방식이 다른 사람에게는 좋은 영향을 줄 수 있었을 것이고, 자신이 만족스럽지 못한 아들이 된 까닭이 아버지의 교육 방식 때문만은 아니지만, 자신이라는 재료에는 아버지의 방식이 부적합하지 않았느냐는 것이다. 거듭 말해서, 이러한 진술은 결코 아버지의 잘못을 추궁하여 제압하기 위한 논고가 아니라, 자신의 논증에 대한 아버지의 동의를 끌어내려는 호소이다. 그러므로 이 소송은 일상적이지 않은 독특한 의미를 지니게 된다.

소송이란 법학을 전공한 카프카의 비유적인 표현일 뿐이다. 이 편지를 하나의 소송이라고 할 수 있음은 물론이지만, 그 소송은 자신을 위한 아버지와의 소송이라기보다 아버지와 자신을 위한 소송이다. 즉, 아버지에 대한 소송, 아버지라는 피고를 상대로 제기하여 원고로서 추궁하는 소송이 아니다. 아버지 자신에게도 고통을 가하는 아버지의 법과 통치를, 편지에서 카프카가 회상한 것처럼 억압 없는 사랑을 보여줌으로써 자식에게 연민과 감동의 대상이 되는 아버지 앞에 고발하는 소송이다. 현실의 소송은 법에 의거하여 승소와 패소, 제압과 굴복만을 낳는다. 반면에 카프카의 소송은 그 법 자체에 대한 소송, 그러한 소송의 극복을 위한 소송, 즉 역설적인 소송인 동시에 근본적인 소송이다. 현실의 소송은 사실상 본질적으로 종결될 수 없으며, 하나의 소송은 또 하나의 소송으로 이행된다. 지배와 복종 양측의 투쟁은 또 다른 지배와 복종을 낳으며, 투쟁의 종결은 또 다른 투쟁의 시작이다. 반면에 카프카의 투쟁은 투쟁의 근본적인 종결을 위한 투쟁이다. 《아버지께 드리는 편지》는 '종결되지 않은 소송'의 종결을 위한 소송이고, 부자간의 지배와 복종의 관계를 청산하기 위한 소송이다. 상호 동등하고 화목한 관계를 정립하기 위한 소송이며, 적어도 "새로운 삶을 시작하기에는 너무 늦었다 할지라도 우리에게 어떤 평화라 할 만한 것"이 찾아오게 하기 위한 소송이다. 이 소송은 카프카와 아버지 둘 다의 패소나 둘 다의 승소로 끝날 수밖에 없다.

《아버지께 드리는 편지》와 〈법 앞에서〉

이 편지에서 카프카의 여러 가지 의도, 이를테면 카프카와 율리의 결혼은 오직 아버지의 반대 때문에 성사되지 못한 것처럼 여겨지기 쉽다. 어떤 면에서 이 말은 맞다. 그러나 카프카가 율리의 언니에게 보낸 편지에 썼듯, 아버지의 반대는 오래 지속되지 않았다. 다만 아버지가 그 결혼을 마땅찮아했을 뿐이다. 카프카는 그런 아버지의 마음을 상하게 해서 관계를 악화하고 싶지 않았고, 결국 스스로 포기하고 말았다. 말하자면 아버지가 카프카를 굴복시켰다기보다는 카프카 스스로 굴복했다고 말할 수도 있다. 왜, 무엇을 위해서 그랬던 것일까?

카프카 자신이 일기에서 "전설"이라고 불렀던 〈법 앞에서〉는, 카프카 전기를 쓴 클라우스 바겐바하의 말처럼 그의 작품 중에서도 가장 유명한 것 중의 하나로서 카프카 스스로 가장 소중하게 여겼던 것이지만, 아직 확고한 정설로 인정받을 만한 해석이 없을 만큼 수수께끼로 남아 있다. 여기에서는 한 시골 사람이 법 앞의 문지기에게 입장 허락을 청하지만 거절당한다. 문지기는 웃으면서 그에게, 원한다면 들어가려고 해보라고, 그러나 자신이 강할 뿐 아니라 방을 지날 때마다 점점 더 강한 문지기들이 지키고 있다고 말한다. 시골 사람은 문지기의 허락을 기다리기로 하고 여러 해 동안 문지기의 마음을 얻기 위해 온 힘을 다한다. 그는 벼룩에게까지 문지기의 마음을 돌려보도록 부탁한다. 그러나 그는 죽음을 맞이할 때까지 뜻을 이루지 못한다. 통과를 기다리는 사람이 자기밖에 없는 이유를 유언처럼 묻는 시골 사람에게 문지기는 그 문이 오직 그 시골 사람만을 위한 것이었다고 말한다. 이 이야기에서 무엇보다 문지기가 웃으면서 금지하는 이유는 무엇일까? 잔뜩 노려보며 '아예 들어갈 꿈도 꾸지 말라'고 호령하지 않는 이유는 무엇일까? 그리고 문지기들이 갈수록 강력해지는 까닭은 무엇일까?

카프카와 아버지의 관계, 그리고 〈법 앞에서〉는 서로 더 깊이 이해하게 해주는 단서가 될 수 있다. 〈법 앞에서〉의 문지기와 시골 사람의 관계는 적대적이지 않다. 그럼에도 문지기는 허락하지 않는다. 동시에 시골 사람은 그의 허락 없이 문을 통과해보려고 시도하지 않는다. 왜 그랬을까? 문지기는 복종을 원하며, 복종은 그의 허락을 위한 최선의 선택이기 때문이다. 그리고 한 번의 통과가 중요했던 것이 아니라 여러 개의 문을 통과하여 법에 이르는 것이 중요했기 때문이다. 첫 번째 허락은 특히 중요하다. 첫 번째 문지기의 뜻을 거스르고 통과했을 경우, 점점 더 강력해지는 다음 문지기들의 허락을 얻기가 그만큼 더 힘들었을 것임은 자명하다. 그래서 시골 사람은 문지기의 금지 조처에 복종하고, 문지기의 허락을 기다린다. 그렇다면 문지기가 그를 굴복시켰다기보다 그가 스스로 자신을 굴복시켰다고 할 수 있지 않을까? 그런데 과연 죽음을 맞이할 때까지 문지기의 뜻에 따라 기다리기만 하는 일이 있을 수 있을까? 이해하기 어렵지만 있을 수 있는 일이다. 편지에서처럼, 오직 A, 즉 문지기가 아버지이고, B, 즉 시골 사람이 카프카이기 때문이다.

카프카가 〈법 앞에서〉의 초안을 작성한 것은 1914년 7월 말이었다. 같은 달 카프카는 부모님께 편지를 쓴다. 그는 이 편지(부록 1)에서 프라하를 떠나 독일에서 전업 작가로 활동해보려는 무려 2년 전부터의 계획을 비로소 밝히고 부모님의 동의를 구하고자 한다. 그러나 이 편지는 부모님께 전해지지 않았다고 추정된다. 그렇다면 카프카가 스스로 뜻을 철회했다고 말할 수 있으며, 이때의 체념과 기다림은 그 직후 〈법 앞에서〉 초안의 생성과 관련성이 깊다고 보인다. 문지기와 시골 사람처럼 카프카와 아버지의 관계는 기본적으로 적대적이지 않다. 아버지는 카프카를 사랑했지만, 문지기처럼 복종을 원했다. 5년 후인 1919년 카프카가 율리와의 결혼 의사를 밝혔을 때에도, 〈법 앞에서〉의 문지기가 입장을 불허하고 "원한다면 들어가보라"고 했듯이, 아버지도 결혼을 대단히 못마땅해했지만, 외형적으로나마 반대의 뜻을 거두었다. 그러나 이때 아마 카프카는 편지에 인용된 아버지의 말, "너 하고 싶은 대로 해라, 넌 나한테서 자유니까, 넌 이제 다 컸지, 난 네게 아무것도 충고해줄 말이 없다"는 완벽한 유죄판결을 내리는 잠긴 목소리를 들었을 것임에 틀림없다. 그래서 카프카는 결국 율리와의 약혼을 실질적으로 파기하게 되었고, 몇 달 후 정식으로 취소하고 말았다. 아버지의 실망과 분노를 무릅쓰고 관문을 통과하는 것도 불가능하지는 않았을 것이다. 그러나 다음번에 흔쾌한 허락을 받기는 분명 더 힘들어졌을 것이며, 다시금 뜻을 거역하고 통과한다면, 아버지의 마음은 증오와 배신감으로 굳어지고 관계는 파탄지경에 이르렀을 것이다. 그리하여 그다음의 관문을 앞둔 시점에서는 최선을 다한 하소연과 맹세로도 눈길 한 번 돌리게끔 할 수 없었을 것이다. 〈법 앞에서〉의 문지기들이 점차 더욱 막강해지는 이유가 혹 여기에 있지 않을까?

실제로 누이 오틀라는 아버지의 반대에 아랑곳하지 않고 결혼했고, 아버지의 반대를 무릅쓰고 취라우에 갔다. 카프카의 편지를 통해 알 수 있듯, 그 때문에 그녀와 아버지의 관계는 극도로 악화되었다. 아버지는 오틀라가 의도적으로 자신을 고통스럽게 만들면서 즐거워하는 악마 같은 존재라고까지 생각하며 증오하게 되었다. 절친했던 누이 오틀라의 사례는 틀림없이 카프카의 결혼 포기에도 영향을 주었을 것이다. 이《아버지께 드리는 편지》에서조차 그는 오틀라와 아버지의 화해를 기원하면서도 자칫 그로 인해 이 편지에 걸고 있는 자신의 다른 모든 기대까지 수포로 돌아가지 않을까 우려하지 않을 수 없었다. 그래서 그는 아버지와 대립하는 자들 편에 서게 되기까지 오틀라가 큰 갈등을 겪었음을 알리고자 했다. 그리고 자신은 그런 오틀라의 결정에 직접 개입하지 않았다고 해명하는 동시에, 자신은 아버지의 편임을 다짐하기도 했다. 요컨대 유학과 결혼 계획의 연이은 좌절 이후 드디어 법 앞의 문을 두드리는《아버지께 드리는 편지》, 즉 아버지와의 영구적인 결별을 초래할지도 모르는 처음이자 마지막 한 걸음은 그에게 그토록 조심스러웠던 것이다. 또한 그처럼 세심하게 쓴 편지마저 끝내 전하지 못했으니, 그 자신의 소망에 대한 아버지의 동의에 다다르는 길은 그토록 아득하기만 했던 것이다.

카프카의 "글쓰기의 주제는 아버지"이고, 아버지는 카프카의 작품 세계를 여는 열쇠이다. 그러나 카프카의 작품 세계를 사적이고 자전적인 탐구에 불과하다고 단정할 수는 없다.

그와 아버지의 관계는 〈법 앞에서〉를 더 깊이 이해하고 그 의미를 음미하는 데 도움이 된다. 그러나 〈법 앞에서〉가 그와 아버지의 관계에 대한 은유에 불과한 것은 결코 아니다. 아버지와의 관계가 그에게 아무리 중대하다 할지라도, 그 관계에 대한 조회는 작품에 대한 이해를 더 정확하고 풍부하게 해주는 데 그쳐야 한다. 그의 작품은 자전적인 탐구 자체가 아니라 그 결실이었다. 다시 말해서, 아버지와의 관계는 카프카 문학의 산실이었다. 카프카는 미시의 세계에서 거시의 세계를 포착한다. 말하자면 가장 특수한 관계에 있는 구체적인 한 인간, 즉 아버지와의 관계를 극한에까지 체험하고 분석하고 성찰함으로써 인간과 실존, 권력과 세계와 같은 보편적인 문제를 통찰하고, 그 핵심 단면을 다시 은유적으로 형상화하는 것이다.

편지의 진실성과 의도에 관해

이 편지의 진술이 과연 실제의 사실과 모두 일치하느냐는 문제에는 약간 논란의 여지가 있다. 바겐바하는 아버지를 진정시키려는 카프카의 의도에 따라 이 편지의 많은 사항이 변조되었다고 주장한다. 구체적인 근거를 명시하지 않은 이 주

장은 편지의 내용이 과장되어 있다는 막스 브로트의 입장과
도 일맥상통한다. 이러한 견해는 어떤 관점에서는 물론 일면
타당할 수 있다. 그러나 중요한 것은 적어도 카프카가 이 편
지에 제시된 사항의 전반적인 진실성을 근본적으로 의심하
게 할 만한 어떤 진술도 한 적이 없다는 점이다. 단지 이 편
지를 쓴 반년 후 밀레나에게 보낸 편지에서 카프카는 "변호
사적 술책"을 감안하여 편지를 읽으라고 말했을 뿐이다. 여
기에서 세부적으로 논의할 수는 없지만, 그 술책이 아버지
에 대한 배려와 진정한 화해의 실현 의도에서 비롯되었을 것
이라는 점, 그리고 그로 인하여 일종의 필연적이고 의미 있
는 과장이 초래되었을 것이라는 점에는 의심할 여지가 없다.
또한 이때의 과장이란 단순한 표현상의 과장보다도 이를테
면 불필요한 오해의 방지와 집중적 논의를 위한 소재의 취사
선택, 주요 논점의 부각, 그리고 전반적인 논조의 조절 및 구
성의 원칙과 연관되어 있다고 보인다. 바겐바하 역시 자신이
쓴 전기의 여러 곳에서 이 편지를 인용하고 있다는 점을 고
려한다면, 기본적인 허위와 진실성 여부에 대한 무의미한 의
문을 빚을 수 있는 "변조"라는 표현은 그다지 적합지 않다고
여겨진다. 또한 브로트의 입장과 관련해서도, 나치 집권 직
후인 1937년경의 시대 상황과 브로트의 의도를 감안해야만
한다. 브로트는 가족들에 대한 배려라는 불확실한 명분으로

이 편지 전문의 출간을 지연했다. 또한 카프카에 대한 퇴폐 작가의 낙인을 방지하기 위해 편지에서 드러나는 음울한 소년 시절의 잔영을 거두어내고 그의 건강하고 긍정적인 문학적 관심을 부각하고자 노력하였다. 물론 편지의 진술에 함축된 의도까지 읽어낼 수 있는 한, 브로트의 조언을 참고하지 않더라도 편지의 필자는 일반적인 잣대로 측정하기 어려울 만큼 매우 보기 드물게 정상적인 정신을 지닌 사람으로 여겨질 수 있을 것이다. 마지막으로 토마스 안츠가 지적하듯, 과장이란 카프카 문학의 전형적인 특성들 중의 하나라는 점도 편지의 공정한 평가를 위해 당연히 염두에 둘 필요가 있다.

　다음으로 카프카가 편지를 쓴 의도와 관련해서, 이 편지가 사적인 서한인가, 자전적인 기록인가, 문학적 창작인가의 문제를 짚어볼 필요가 있다. 하인츠 폴리처는 이 편지가 전기적 기록물이라는 것을 완전히 부인하지는 않지만 그 점에서의 가치는 미미하다고 판단하며, 그보다는 형이상학적 차원의 문학적인 시도, 즉 한 편의 문학작품으로 평가한다. 그에 따르면, 편지를 36년간 지속된 갈등의 해소를 위한 한 아들의 시도로 보는 것은 피상적인 관찰에 불과하다. 서술이 진행됨에 따라서 편지의 성격이 본질적으로 변화하여 현세적 아버지의 피안에 신화적인 아버지상(像)이 성립하며, 중요한 것은 그 아버지 앞에서 아들이 얻는 구원과 행복이라는 것이다. "아버지 살해" 내지 정신적 퇴행 따위를 운위하는 정신분석적 해석의 흐름에 대비되는 폴리처의 연구가 적어도 편지의 문학성과 그 가치의 해명에 처음으로 크게 기여한 이래, 역사신학적 전망을 축으로 편지를 해석하는 엠리히를 비롯해서 여러 연구자들의 입장은 현실과 문학의 구분을 지양하려 한다는 점에서 폴리처의 입장과 대체로 일치하고 있다.

그러나 편지를 실제로 전달하려는 의도가 있었느냐는 관점에 국한한다면, 문학적 가치의 인정과 문학작품으로서의 규정을 엄밀히 구분하지 않을 수 없다. 폴리처를 위시한 여러 연구자들은 실질적으로 후자의 입장을 취하고 있으며, 이 경우 작품으로서의 증정 의사가 아니라면 사적인 서한으로서의 실제 전달 의사는 인정할 수 없다. 그렇다면 편지에서 드러난 아버지와의 갈등은 보편적인 부자 갈등의 상징적 성격을 띠게 된다. 그리고 카프카는 부자간의 현실적 화해가 아닌 형이상학적, 신학적, 문학적 화해, 즉 관념적 화해를 의도한다고 간주될 뿐이다. 그와 같은 고통의 배타적이고 자족적인 해소, 즉 순수 자력에 의한 작가 자신의 구원은 물론 카프카 문학의 가치를 알 길이 없는 아버지의 이해와 동의가 없어도 물론 가능하다. 그럼으로써 후세의 문학 연구는 작가 스스로 해소하지 못한 현세적 고통으로부터 카프카를 구원했다고, 동시에 일개 상인을 상대로 한 사적 용도로부터 뛰어난 문학적 성과를 구출했다고 할 수 있을지도 모른다. 그러나 그와 더불어, 크리스토프 슈퇴츨도 이미 지적했듯, 현실의 카프카는 실종되고 만다. 작가가 한 개인으로서, 한 아버지의 아들로서 마땅히 갈망할 수 있는 현실의 화해는 과연 그렇게 기피될 만큼 미천한 것일까? 한 통의 사적인 서한은 감히 그처럼 뛰어난 문학성과 심오한 보편적 함의를 담아서는 안 되는 것일까? 많은 연구 성과들이 편지를 구체적이고 현실적이며 사적인 맥락에서 분리하여 '지고한' 문학의 이념과 형상의 세계로 건져 올리려 했다는 것이 결코 이해할 수 없는 일은 아니다. 그것이야말로 바로 그런 사적이고 현실적인 맥락의 사랑과 고통 앞에 카프카가 기꺼이 그 탁월한 문학의 모든 것을 헌정했음을, 거기에 그가 기울인 혼신의 노력이 편지의 진의와 무관한 문학적 관심들까지 매료할 만큼 강력한 것이었음을 반증하기 때문이다.

실제 아버지에게 전하려는 의도 외에 자전적 탐구와 기록의 의도까지 카프카에게 있었다고 보지 않을 이유는 없다. 그렇다 할지라도 역자가 보기에 최소한 일차적인 의도는 역시 아버지에게 전하는 데 있었으며, 편지에 관한 한 자전적 기록 의도는 일단 부차적인 것이었다고 판단된다. 그 근거는 무엇보다도 앞에서 말한 "온갖 변호사적 술책"을 들 수 있다. 실제 전달 의사가 없었다면, 자전적 기록의 결함일 수밖에 없는 그러한 술책이 왜 필요했겠는가? 가령 왜 소중한 친구들과 그 우정에 대한 긍정적인 진술은 맥락상 필수적인 한두 마디로 극히 절제되어 있는가? 또한 편지 속에서 카프카는 "아직 아버지께 털어놓기 어려운 몇 가지에 대해서는 침묵"하겠다고 밝히고, 이 말을 하는 이유는 "입증 근거들이 부족해서라는 아버지의 오해를 방지하기" 위해서라고 덧붙이고 있다. 그리고 매음에 관한 이야기는 아버지가 기억하기에 지장이 없는 범위 내에서, 즉 일반 독자들은 거의 짐작할 수 없을 만큼 암시적으로 완곡하게 표현되어 있다. 이와 같은 자기 검열을 행할 까닭이 무엇이었겠는가? 더구나 카프카는 자전적 탐구와는 무관한 목표, 즉 다른 가족과 아버지의 화해를 위해서도 편지의 적지 않은 분량을 할애하고 있다. 아울러 변호사적 술책에 관해 언급한 편지에서 카프카는 밀레나에게 그때까지 자신이 보관하던 《아버지께 드리는 편지》를 보내며 "아마도 꼭 한 번은 아버지께 전하고 싶어질 것 같으니 잘 보관해달라"고 당부하고 있다. 그 밖에 편지 말미에 덧붙인 예상 반론의 철저한 불신과 가혹한 비난도 실제 전달되었을 경우 최악의 사태를 방지하려는 의도에 따른 것으로 풀이할 수 있다.

아무튼 카프카 문학의 주제가 아버지라는 그 자신의 말을 인정한다면, 원래 자전적 에세이를 의도했는데 결국 아버지에게 들려드리는 이야기로 귀결되었다 할지라도 지극히 당연하고 자연스러운 일이었을 것이다. 또한 이 편지가 본래 사적인 서한이었다고 해서 그 독특한 문학적 가치가 낮게 평가될 이유는 없다. 오히려 이 편지는 실제 아버지에게 전달할 의도가 있었기에 비로소 심혈을 기울여 작성될 수 있었고, 그래서 주목할 가치가 충분하고 문학성도 뛰어난 자전적 에세이가 되었다고 볼 수도 있기 때문이다. 그리고 편지의 실질적인 효과에 대한 고려가 세부 사항들의 묘사에 얼마간 영향을 주었다 할지라도 그것은 진실성에 대한 신뢰도를 떨어뜨리지 않는다. 오히려 카프카의 가장 절실한 열망에 관한 진실을 그만큼 더 숨김없이 드러낼 뿐이다.

덧붙이는 말

이 책은 1999년에 처음 출판된 《카프카의 아버지께 드리는 편지》 번역서를 새로이 낸 것이다. 첫 번역서가 자취를 감춘 뒤로도 오랜 세월이 흐르고서야 다시 한번 원문과 대조하면서 전반적으로 마음에 들지 않거나 아쉬움이 남는 수많은 표현들을 다듬고 바꿀 기회를 얻을 수 있었다. 또한 간과할 수 없을 정도로 미흡하다고 여겨지거나 오해의 소지가 발견된 곳들도 수정하고 보완했다. 이를테면 아버지의 눈에 투영된 카프카의 자화상은 '지나치게 합리적'이라기보다 "아주 영악한" 모습이었다고 해야 알맞을 것이다. 카프카에게 관심이 있는 독자라면, 예전에 이 책을 읽은 적이 있다 할지라도 제법 달라진 번역으로 다시 한번 읽어보는 것이 결코 무의미한 일이 되지는 않을 것이라 생각된다. 그럼에도 이번 일을 마치는 마음은 마치 한 명의 시골 사람이 되어 독자들이 문지기로 서 있는 문 앞으로 다가가는 듯하다. 만약 문지기가 찌푸린 표정으로 입장을 허락한다면, 카프카의 시골 사람은 절대 그 문을 들어서지 않을 것이다.

근래 이 나라에서는 대부분 자녀를 자기들이 거느릴 수 있는 최소한으로 낳는 것 같다. 그 이유는 점점 높아만 가는 자살률과도 무관하지 않을 것이다. 삶이 힘겨울수록 '제대로' 길러낼 수 있을 만큼의 자녀만 낳으려는 경향이 뚜렷해지지 않겠는가. 하지만 그럴수록 지금 사람들은 옛사람들의 '자식 욕심'을 넘어 '자식의 인생에 대한 탐욕'에 사로잡히게 되는지도 모른다. 이 땅의 자녀들의 학업 성취도가 세계적인 수준인 데 반해, 학업의 흥미나 삶의 만족도는 실로 안타까울 정도이기 때문이다. 그래서인지 '부모의 독성(toxic parents)'과 같은 용어라든가 가부장에 빗댄 '가모장'과 같은 낱말들이 곧잘 눈길을 끈다.

〈누이동생 엘리에게 보내는 편지〉에서 카프카는 많은 부모들이 자녀 나름의 발전 과정을 기다려보지 않는 이유가 자신에 대한 통제보다 자녀에 대한 통제를 더 용이하게 여기기 때문이라고 말한다. 그는 이기심에서 태동되는 부모의 두 가지 교육 방식, 말하자면 온갖 다양한 등급의 전제적 통치 행위와 노예 행위에 대해 언급하는데, 이 두 가지 행위는 종종 교묘하게 결합된 형태로 나타나는 것 같다. 즉, 자녀가 부모의 구원자로 자라날 수밖에 없게끔 강요당하는 것이다. 부모가 자녀를 길러내는 것은 자녀가 나름의 꿈을 이루게 하기 위함인가, 부모 자신의 꿈을 이루어주게 하기 위함인가? 그러나 카프카가 소개하는 스위프트의 견해에 따르면, 부모의 사랑은 자녀들을 부모 자신의 이기심으로부터 보호할 수 있을 만큼 충분히 강하다. 자기 자식을 맹수의 발톱에서 구해낼 수 있는 어머니라면 자신의 손아귀로부터 자식을 지켜내는 일에도 성공할 것이라는 말이다.

2015년 8월
정초일

1883년 7월 3일 체코 프라하에서 유대인 상인 헤르만 카프카 (1852~1931)와 그 아내 율리 뢰비 카프카(1856~1934)의 아들 로 태어났다. 헤르만 카프카는 작은 마을의 빈한한 가정 출 신으로서 자수성가하여 프라하의 독일어를 사용하는 상류층 의 일원이 되었다. 어머니는 독일계 유대인 중산층의 유복한 가문 태생이었다. 카프카의 두 남동생은 어려서 병사했고, 그 후 누이 엘리(1889), 발리(1890), 오틀라(1892)가 태어났다.

1893년 왕립 알트슈타트 김나지움에 입학했다. 심야까지 독 서에 몰두하곤 했다. "조언해주는 사람 없이"(1916년 일기의 회상) 주변 세계와의 괴리가 심화되었다. 1899년 이후 사회 주의에 개인적인 관심을 가졌다.

1901년 알트슈타트 김나지움을 양호한 성적으로 마치고, 프라하의 카를 페르디난트 대학에 진학했다. 철학 전공을 희망했지만 아버지의 반대로 화학을 선택했다가 곧 법학과로 전과했다. 두 번째 학기에 독문학을 수강했지만, 자우어 교수의 보수적 입장 때문에 프라하에서의 독문학 공부를 포기하였다. 김나지움 졸업반 시절부터 니체가 발행하던 〈예술의 수호자〉를 정기 구독했고, 헵벨, 바이런, 그릴파르처, 그라베, 괴테, 에커만(《괴테와의 대화》), 쇼펜하우어와 도스토옙스키의 전기 등을 탐독했으며, 브렌타노의 철학에 심취했다. 1902년부터 작가 겸 문화철학자 막스 브로트와의 교우 관계가 시작되었다. 1904년에서 1905년 사이에 〈어느 투쟁의 기록〉을 집필했다. 무리한 학업으로 쇠약해져 휴양지 추크만텔에서 요양하였다.

1906년 7월에 빠듯한 점수로 법학박사 학위를 취득하고 변호사 사무실에서 일하기 시작했으며, 가을부터 법원에서 1년간의 의무적인 실습 근무를 했다.

1907년 《시골의 결혼식 준비》를 집필했다. 프라하를 떠나려 했으나 뜻을 이루지 못하고 결국 1907년 10월 '종합보험'을 의미하는 아시쿠라치오니 게네랄리라는 이름의 민간 보험 회사에 임시 직원으로 취직했다. 월 80크로네의 적은 봉급과 열악한 근무 조건 외에도 여가를 즐기기 힘든 근무 시간 때문에 글을 쓰지 못해 고통스러워했다.

1908년 8월에 노동자상해보험공사에 취직하여 기업들의 가입이 의무적인 산업재해보험 업무를 담당했다. 처음에는 임시직으로 취직했으나 일찍 창의적 능력을 인정받았다. 차츰 승진하여 최상위 직급에 이르렀지만 1922년 7월 조기 퇴직했다. 이 직장은 전 직장보다 근무 조건이 훨씬 나았고 특히 근무 시간이 오후 2시까지여서 글을 쓰기에 좀 더 유리했다. 이때부터 1912년까지의 기간에는 사회적, 정치적 관심이 두드러지게 나타났다. 사회혁명적인 경향의 그룹과 단체의 행사에 참석하기도 했다.

1909년 일기를 쓰기 시작했다.

1910년 이때부터 1911년 사이에 유대인 극단의 객연 공연에 접하고 배우 이츠하크 뢰비와 친교를 맺었다. 이 무렵 거의 매년 막스 브로트와 함께 파리, 북이탈리아, 독일 바이마르 등지를 여행했다.

1912년 〈선고〉, 《실종자(아메리카)》의 대부분, 〈변신〉 등을 집필했다. 그는 심야에 혼자 고립된 상태에서만 집필에 전념할 수 있었다. 특히 이 무렵에는 여섯 시간의 직장 근무 후 오후에 네댓 시간 잠을 잤고 산책과 식사 후 밤 11시부터 새벽 2~3시 또는 더 늦게까지 글을 썼다고 한다. "내가 잠시라도 글을 쓰거나 그와 연관된 일을 벗어나서 행복한 적이 있었다면, (…) 나에게 글을 쓸 능력 자체가 없었던 것이다. (…) 글 쓰는 일에 대한 두려움은 늘 적정 중량을 초과하기 때문이다"라는 말을 하기도 했다. 직장 근무 후 매제의 공장에 가서 감독을 하라는 부모님의 권유 때문에 갈등을 빚었다. 8월 13일 막스 브로트의 집에서 펠리체 바우어와 알게 되어 이후 1917년까지 많을 때는 하루 두세 통씩 500통이 넘는 편지와 엽서를 주고받았다. 12월 첫 공식 작품 낭독회(〈선고〉)가 프라하에서 개최되었다. 첫 작품집《관찰》을 출간했다.

1913년 《실종자》의 1장을 〈화부. 단편〉이란 제목으로 출간했다.

1914년 베를린에서 6월 1일 펠리체와 처음으로 약혼했지만 7월 12일 다시 베를린으로 가서 파혼하고 7월 16일 프라하로 돌아왔다. 이후 같은 달 덴마크의 휴양도시 마릴리스트에 가서 독일 이주 계획의 뜻을 밝히는 편지를 부모님 앞으로 작성하지만 발송하지 못한 것으로 추정된다. 8월부터《소송》의 집필을 시작하고 7장의 문지기 이야기에 '법 앞에서'라는 제목을 붙였다. 《소송》 집필을 중단하고 휴가를 연장해가며 10월 8일부터 11일 동안 〈유형지에서〉와《실종자》의 마지막 장을 집필했다.

1915년 1월에 파혼 후 처음으로 펠리체와 재회했다. 10월에는 칼 슈테른하임이 자신에게 수여된 폰타네 상을 카프카에게 양보하였다. 12월《변신》이 출판되었다. 군 입대를 시도했지만, 보험공사가 징집이의청구에 대한 취소 신청을 거부했다.

1916년 9월《선고》가 출판되었다. 11월 두 번째이자 마지막 작품 낭독회가 뮌헨에서 개최되어 카프카가 〈유형지에서〉를 낭독했다. 뮌헨에서 새로운 의욕을 얻어 돌아온 후 겨울에 여덟 권의 8절 노트 창작을 시작하여 단편집《시골 의사》를 탈고하였다.

1917년 3월에 18세기 한 백작의 궁이었던 쇤보른 궁에서 방 두 개짜리 집을 세내어 창작을 계속했다. 〈만리장성의 축조〉〈학술원에 드리는 보고〉〈열한 명의 아들〉 등을 집필했다. 7월 펠리체와 두 번째 약혼 후 한 달 만에 첫 각혈로 폐질환의 징후를 처음 발견했다. 보험공사에서 장기간의 휴가를 얻어 북서 보헤미아의 작은 마을 취라우에 살던 누이 오틀라의 농장에 체류하며 휴양했다. 12월 4일 폐결핵 진단을 받았으며, 같은 달 펠리체와 두 번째로 파혼했다. 이듬해 봄까지 〈잠언〉을 집필했다. 카프카는 아버지가 반대했던 오틀라의 농장 경영 계획을 격려하고 농업학교 입학을 주선했다. 이런 일들이 계기가 되어 1917년부터 1919년 사이에 아버지와의 관계가 악화되었다.

1918년 11월에 프라하 북쪽의 작은 마을 쉘레젠에 가서 다음 해 초까지 있는 동안 율리 보리체크를 알게 되었다.

1919년 《유형지에서》《시골 의사》출판. 여름에 율리 보리체크와 약혼했지만, 11월에 실질적으로 파혼했다. 이달에 보리체크의 언니에게 보내는 장문의 편지와 가장 중요하고 포괄적인 자전적 기록 《아버지께 드리는 편지》를 쓰고, 쉘레젠에서 프라하로 돌아왔다. 이 두 편지와 〈잠언〉 등에서 카프카는 파혼의 이유를 아버지의 반대보다 자신의 부족한 생활력과 그릇된 교육, 또 독신 생활로 인한 회의와 강박관념으로 정리하고 있다.

1920년 7월에 율리 보리체크와의 약혼을 정식으로 취소했고, 장기간의 공백 끝에 가을부터 다시 오후에 잠자고 밤에 글을 쓰는 생활을 시작했다. 12월부터 아홉 달 동안 폐결핵 요양소 마틀리아리에서 지냈지만 만족스럽지 못했다. 이 무렵 불운하게 성장한 구스타프 야누흐와 알게 되어 조언자로서의 우정을 나누었다. 밀레나 예젠스카와의 교유도 연초부터 시작되었다. 밀레나 예젠스카 폴라크는 카프카 작품의 체코어 번역을 계기로 1920년 초부터 숱한 서신 교환을 통해 카프카와 교류하기 시작했다. 또 그녀는 카프카의 일기 전부와 《실종자》의 원고, 《아버지께 드리는 편지》 등을 보관하고 있었다. 특히 그녀의 부친은 카프카의 부친과 마찬가지로 강압적이었고, 딸이 원하는 결혼을 막고자 정신 요양소에 보내기까지 했다고 한다. 비록 밀레나의 결혼 생활이 형식적으로만 유지되고 있는 상태였으나, 카프카는 이해 말엽부터 그녀와의 서신 교환이나 만남을 가능한 한 절제하고자 했다. 하지만 작가나 인간으로서 가장 카프카를 잘 이해했던 그녀와의 만남이나 서신 교환은 이후 죽을 때까지 가끔씩 계속되었다.

1922년 "어떻게든 자신의 쓸모를 입증하는 생활"을 위한 시도로서 1월부터 《성》의 집필을 시작했고, 그 밖에도 〈단식 광대〉 〈어느 개의 연구〉 등을 집필했다. 7월 1일 자로 보험공사를 퇴직했다.

1923년 7월에 누이 엘리와 북해 연안의 뮈리츠에 가서 지냈으며, 이때 폴란드의 집을 떠나 독일로 도피한 젊은 처녀 도라 디아만트와 알게 되었다. 프라하로 돌아왔다가 9월 베를린으로 가서 슈테글리츠에 방을 얻어 도라와 동거를 시작했다. 드디어 프라하를 떠나서 전부터 원하던 도시 베를린에 가정을 꾸미게 되어 안정을 찾았다. 그러나 심한 인플레이션으로 인한 생활고 때문에 건강이 급격하게 악화되었다.

1924년 작품집 《단식 광대》 출판. 결핵이 후두까지 심화되어 3월에 지크프리트 외숙과 막스 브로트가 카프카를 프라하로 데려갔다. 이 무렵 〈가수 요제피네〉를 집필했다. 4월 초부터 요양소와 빈의 대학 병원을 전전하다가 빈 인근의 키얼링 요양소에 갔다. 6월 3일 마흔한 번째 생일을 한 달 앞두고 사망하여 프라하의 유대인 묘지에 묻혔다. 누가 갖고 있는 것이건 일기와 서신을 포함해서 모든 유고를 소각해달라는 유언을 막스 브로트에게 남겼으나 사후 브로트에 의해 출간 됐다.

1925년 《소송》출판.

1926년 《성》출판.

1927년 《실종자》출판.

1931년 작품집《만리장성의 축조》출판.

아버지께 드리는 편지 (2024 서울국제도서전 특별판)

1판 1쇄 발행 2015년 9월 4일
개정판 1쇄 발행 2024년 6월 25일

지은이 · 프란츠 카프카
옮긴이 · 정초일
펴낸이 · 주연선

(주)은행나무
121-839 서울특별시 마포구 양화로11길 54
전화 · 02)3143-0651~3 ㅣ 팩스 · 02)3143-0654
신고번호 · 제 1997-000168호(1997. 12. 12)
www.ehbook.co.kr
ehbook@ehbook.co.kr

ISBN 979-11-6737-438-7 (03850)